琼 瑶

作品大全集

人在天涯

琼瑶 著

作家出版社

琼瑶，本名陈喆，作家、编剧、作词人、影视制作人。原籍湖南衡阳，1938年生于四川成都，1949年随父母由大陆赴台生活。16岁时以笔名心如发表小说《云影》，25岁时出版首部长篇小说《窗外》。多年来笔耕不辍，代表作包括《烟雨蒙蒙》《几度夕阳红》《彩云飞》《海鸥飞处》《心有千千结》《一帘幽梦》《在水一方》《我是一片云》《庭院深深》等。

多部作品先后改编成为电影及电视剧，琼瑶也因此步入影视产业。《六个梦》系列、《梅花三弄》系列、《还珠格格》系列等，影响至深，成为几代读者与观众共同的记忆。

琼瑶以流畅优美的文笔，编织了众多曲折动人的故事。其作品以对于梦的憧憬和爱的执着，与大众流行文化紧密结合，风靡半个多世纪，成为华文世界中极重要的文学经典。

我为爱而生，我为爱而写
文字里度过多少春夏秋冬
文字里留下多少青春浪漫
人世间虽然没有天长地久
故事里火花燃烧爱也依旧

褔禄

（京权）图字：01-2025-0195

图书在版编目（CIP）数据

人在天涯 / 琼瑶著 . -- 北京：作家出版社，2025.1.
（琼瑶作品大全集）. -- ISBN 978-7-5212-3236-3

Ⅰ. I247.5

中国国家版本馆 CIP 数据核字第 2025TP2647 号

人在天涯（琼瑶作品大全集）

作　　者：琼　瑶
责任编辑：张　平
装帧设计：棱角视觉　纸方程·于文妍
责任印制：李大庆　金志宏
出版发行：作家出版社有限公司
社　　址：北京农展馆南里 10 号　　　邮　　编：100125
电话传真：86-10-65067186（发行中心）
　　　　　86-10-65004079（总编室）
E-mail: zuojia@zuojia.net.cn
http://www.zuojiachubanshe.com
印　　刷：北京盛通印刷股份有限公司
成品尺寸：142×210
字　　数：115 千
印　　张：5.5
版　　次：2025 年 1 月第 1 版
印　　次：2025 年 1 月第 1 次印刷
ISBN 978-7-5212-3236-3
定　　价：2754.00 元（全 71 册）

品　琼　瑶　经　典

忆　匆　匆　那　年

第一章

飞机起飞已经好一会儿了。

窗外，是一层层的云浪，云卷着云，云裹着云，云拥着云。志翔倚窗而坐，呆呆地凝视着窗外那些重叠的云层。第一次坐飞机，第一次越洋远行，第一次真正地离开家——离开台湾。心里所充塞着的感觉，就像那些卷拥堆积着的云一样：一片迷茫中却闪耀着太阳的光华。离愁与期待，追寻与兴奋，迷惘与欣慰……都矛盾地、复杂地充满在他胸臆里。他不知道哥哥志远当初留学时，是不是和他现在一样，也满怀说不出来的滋味？想必，志远比他更增加了几分迷惘吧，因为志远那时是单独扑奔一个人地生疏的地方。而他——志翔，却是奔向哥哥！哥哥！哥哥正在罗马，那神奇的、音乐与艺术之都！哥哥正在等待他的到达，要他去分享他的成功。对志翔而言，罗马是许多明信画片的堆积——志远陆续寄回家的，他在旅行杂志上看到的，以及电影上看到的：古竞技场，大喷泉，罗马废墟，梵蒂冈，米开朗琪罗……当然还有那豪华的歌剧院！罗马，他梦寐以求的地方。现在，飞机就往那个方向飞去，每往那边飞近一分钟，就离家更远一分钟！

家！志翔摇摇头，竭力想用"罗马"来治愈自己的离愁。可是，在那闪熠着阳光的云层深处，也闪熠着老父和老母眼中的泪光。三十二年，多么漫长的岁月，带大两个儿子，八年前送走志远，现在又送走了志翔。志远能够一去八年，志翔又会去多久？靠在椅子里，志翔闭上眼睛，父亲那萧萧白发的头颅，和那戴着眼镜的眼睛，就浮在他的脑海里。

"志翔，别记挂你爸和你妈，你爸和你妈的能力都还强着呢！再教个二十年书绝无问题。你去了，要像你哥哥一样争气。你知道，爸妈不是老古板，并不是要你一定要拿什么学位，而是希望你能真正学一点东西回来！"

爸爸就是爸爸，当了一辈子教书匠的爸爸！即使送儿子上飞机，说话也像对学生——不忘了鼓励和教训。妈妈就不同了，毕竟是女人，说话就"感性"得多：

"见着你哥哥，告诉他，八年了。他也算功成名就了，不要野心太大，能回家，就回家看看吧！他三十二岁的人了，也该结婚了！""唉，又是妇人之心作祟！"爸爸打断了妈妈，"音乐和艺术都一样，是学无止境的，志远不回来，是觉得自己还没学够，何况志翔去了，他总得留在那儿照顾志翔两年，你催他回来干吗？时间到了，孩子自己会飞回来！"

"是吗？"妈妈笑得勉强，"只怕长大了的小燕子，飞出去就不认得自己的窝了。""你这是什么话！有这么说咱们孩子的吗?"爸爸揽住妈妈责备地问。老夫老妻了,还是那么亲热。只是,不知怎的,这股"亲热"劲儿,却给志翔一种挺凄凉的感觉。仅有的两个儿子都走了,剩下了老夫老妻,那种"相依为命"的情景就特别加重了。"别忘了,"爸爸盯着妈妈,"咱们的两个儿子,都是不同凡响的!""当然哪!"妈妈强颜欢笑,"男人都一样,儿子是自己的好,太太是人家的好!""你总不能跟自己的儿子来吃醋的!"爸爸说。

一时间,妈妈笑了,爸爸笑了,志翔忍不住,也跟着笑了。只是,这些笑声里仍然有那么股淡淡的无奈与凄凉。在那一刹那,志翔猛地觉得眼眶发热,喉中发哽,就跑了过去,用两手抱住父母的脖子,悄声说:

"放心,爸爸妈妈,我和哥哥,永远认得自己的家!只要学有所成,就一定回来!"

"怎样算'学有所成'呢?你哥哥的声乐,已经学得那么好了,他却迷上了歌剧院……"

"妈妈,是你的遗传啊!也是你的光荣啊!哥哥能和许许多多国际著名的歌剧家同台演戏,你还不高兴吗?"

妈妈又笑了,笑容里有欣慰,却也有惆怅。

"儿子有成就总是好的,只是……"

"只是你想他罢了!"爸爸又打断她,"这些年来,志远寄来的钱,要还旧债,要支持志翔留学,所以没有剩。再熬过一两年,我们把志翔的新债也清了以后,我们去欧洲看他们!你也偿了多年来,想去欧洲的夙愿!"

"现在,那'夙愿'早变了质……"

"别说了，说来说去，你舍不得儿子们！"爸爸忽然低叹一声，"如果他们两个，都是庸庸碌碌、平平凡凡的孩子，倒也算了。可是，他们却都那么优秀！"

优秀？志翔的眼光又投向了窗外的云层。优秀？他仿佛又回到了童年，六岁，他第一次捧回全省儿童绘图比赛的冠军银杯，爸爸眼中闪着何等骄傲的光芒！

"我们家不只有个音乐天才，又出了个小艺术家！"

那时候，从小有"神童"之誉的哥哥志远已十四岁，志远四岁就参加了儿童合唱团，从小得的银杯银盾、锦旗奖状早已堆满了一屋子。妈妈常常取笑爸爸：

"你教美术，我教音乐，看样子，我的遗传比你的强呢！"

从这次以后，妈妈不再说话。志翔也不再让志远专美于前。志远每得到银杯，志翔往往也捧回一个。但是，绘画与歌唱不同，志远那与生俱来的磁性歌喉，和后天的音乐修养，使他在银杯奖状之外，还得到更多的掌声。从小，志翔就习惯被父母带到各种场合去听志远演唱，每次，那如雷的掌声都像魔术般燃亮了父母的眼睛，燃亮了志远整个的脸庞。于是，身为弟弟的志翔，也被那奇妙的兴奋和喜悦感动得浑身发热。他崇拜志远！他由衷地崇拜志远！这个比他大八岁的哥哥，在他看来有如神灵。志远呢？他完全了解弟弟对自己这种近乎眩惑的崇拜，他总以一种满不在乎似的宠爱来回报他。他常揉着志翔那满头柔软的乱发，说：

"志翔！你哥哥是个大天才，你呢？是个小天才！"

他说这话的时候，语气是那么亲昵、自信，与骄傲。志翔丝毫不觉得"小天才"是贬低他，在志远面前，他自认永远稍逊一筹，也心甘情愿稍逊一筹。志远本来就那么伟大嘛！伟大，是的，谁能有一个像志远那样的哥哥而能不骄傲呢？他永远记得自己小时候受人欺侮，或是和邻居的孩子打了架，志远挺身而出的那一声大吼：

"谁敢欺侮我弟弟？"志远声若洪钟，孩子们吓得一哄而散。志远用两手搂着他，像是他的"保护神"。

童年的时光就是这样过去的，虽然他也常拿奖状银杯，虽然他也被学校誉为"不可多得的奇才"，他却无法超越志远的光芒，也不想超越志远。他像是志远的影子，只要站在志远旁边，让他去揉乱他那生来就有点自然卷的头发，听他用亲昵的声音说："志翔，将来有一天，你哥哥会培植你！虽然你只有一点儿小天才！"七八岁，他就懂得仰着头，对志远说：

"哥，将来你当大音乐家，我只要做个小画家就好了！"

"没志气！"志远笑着骂，把他的头发揉得更乱。

志远是二十四岁那年留学的，父母倾其所有，借了债把他送去罗马。因为有三位教授同时推荐他去读那儿的音乐学院。志远出去时，志翔才十六岁，站在机场，他有说不出来的离愁别绪，要他离开哥哥，比要他离开父母还难受。志远显然了解他的情绪，站在他面前，他用炯炯有神的眼光盯着他，肯定地、坚决地、很有把握地说：

"等着！小画家，我会把你接出来！"

说完，他又揉了揉他的头发，就转身走入了验关室。志翔满眶热泪地冲往餐台，遥望他的哥哥走上飞机。志远在飞机舱口回过头来，对他遥遥挥手，他至今记得哥哥那神态：潇洒、漂亮、英气逼人。那一别，就是八年。从那天起，是书信维系着天涯与海角间的关系，志远懒于写信，常用明信片简明扼要地报告一切；毕业了，进了研究院，又毕业了，进了歌剧院。由小演员到小配角，由小配角到大配角，由大配角到重要演员……他开始寄钱回家，不断地寄钱回家；让咱们家那个大画家准备留学吧！什么时候起小画家升格成了大画家！他可不知道。

志远没有食言，志翔早就知道，他不会食言。志远就是那种人，说得到！做得到！

飞机有一阵颠簸，麦克风中呼叫大家系安全带，志翔系好了带子。下意识地伸手到口袋中，摸出一张皱皱的、已看得背都背得出来的明信片，明信片的正面，是半倾圮的圆形古竞技场，反面，是志远那龙飞凤舞般的笔迹：

大画家：

　　一切都已就绪。××艺术学院对你寄来的画极为叹赏，认为你是不可多得的天才，学费等事不劳操心，有兄在此，何须多虑？来信已收到，将准时往机场接你。兄弟阔别八年，即将见面，兴奋之情，难以言表！请告父母，万祈宽心，弟之生活起居，一切一切，都有为兄者代为妥善安排也。

兄　志远

志翔郑重地收好了明信片，就是这样，志远的信总是半文半白，简明扼要的。他把眼光又投往窗外，云层仍然堆积着，云拥着云，云绕着云，云叠着云。他向层云深处，极目望去，云的那一边，是泪眼凝注、白发萧然的父母。云的另一边，是光明灿烂的未来，和自己那伟大的哥哥！

第二章

在香港转了 BOAC 的飞机，飞了将近二十个小时，终于，飞机抵达了罗马机场，是罗马时间的上午八点三十分，跟台北时间，足足相差了七小时。

志翔看了看机场的大钟，首先校正了自己的手表。放眼望去，满机场的人，都是外国面孔，耳朵里听到的，都是异地语言，一时间，志翔颇有一份不真实的、做梦般的感觉。办好了入境手续，取到了行李——妈妈就是妈妈，给他弄了一皮箱春夏秋冬的衣服，还包括给志远的。提着皮箱和大包小包的行李，跨出了海关，他在人群中搜索着。志远呢？身高一米八、漂亮潇洒的志远是不难寻找的，他从人群中逐一望过去，万一哥哥不来接他，他就惨了，初到异国，他还真不知道如何应对呢！"志翔！"一声熟悉的、长久没有听到的、亲切的、热烈的呼喊声骤然传进他的耳朵。他转过身子，还来不及看清楚面前的人，就被两只有力的手臂一把抱住了。

他喜悦地大叫了一声：

"哥哥！我还以为你没来呢！"

"没来？"志远喘了一口长气，"我怎么可能不来？我来了三小时了，一直坐在那边的长椅子上，一边抽烟，一边回忆。"他重重地在志翔肩上拍了一下，眼眶有些湿漉漉的。"嗨！志翔，你长高了，高得我没办法再揉你的头发了。而且，你变漂亮了，几乎和我当年一样漂亮了！"

志翔望着志远，这时，才能定睛打量离别了八年的哥哥。噢，二十几岁到三十出头是一段大距离吗？志远依然是个漂亮的男人，只是，他瘦了，眼角眉梢，已有了淡淡的皱纹，他也黑了，想必罗马的太阳比台北的大。他有些憔悴，有些疲倦，那唱歌剧的生涯一定是日夜颠倒的！平常的现在，可能是他的睡眠时间吧！他身上还有浓重的烟草与酒混合的气息，他那些演员朋友大概生活浪漫……他凝视着志远，同时间，志远也在定定地凝视着他，于是，忽然间，兄弟两人的手，紧紧地握在一起了。"告诉我，"志远说，喉咙有些沙哑，"爸爸和妈妈都好吧？"

"爸爸的头发白了，妈妈天天怪你……"

"怪我？""怪你不写信回家，怪你的信像电报一样短，怪你到现在不讨老婆……嗨！哥，你是不是有了意大利太太，不敢写信回家报告啊？""你完全猜对了！"志远笑着说，笑得那么开朗，看起来似乎又像当年那样年轻了。

"真的呀？"志翔睁大了眼睛，四面找寻，"她有没有跟你一起来？""别驴了！"志远一手接过他的皮箱，另一手又在他肩上猛敲了一记，"我永远不可能讨外国老婆，她们有羊臊味！"他扬扬头。"走吧！先回家去休息一下，我再带你参观罗马！"

走出了机场，迎面而来的，是熏人的暑气，没料到欧洲的夏天，也这样热！志远把箱子放在地上，说：

"你等在这儿，我去开车来！我的车子在停车场！"

"你有车子吗？"志翔惊奇地问，在台湾，教中学的父母，是怎样也不会想到拥有私人汽车的。但是，志远——哦，志远是歌剧明星，生活当然豪华！

"一辆——小破车而已，"志远犹豫了一下，解释什么似的说，"在国外，没车等于没有脚。怎么？我信上没说过吗？"

"你的信才短呢，什么都没说！"

志远笑了笑，不知怎的，那笑容显得有些勉强，他走开去开车了。志翔敏感地觉得自己说错了什么，这也不能怪哥哥的！他一定很忙，忙得没有时间写信！或者，他那演员生活，多少有些"糜烂"，所以来信不愿说得太多，思想保守的父母，会无法接受。想通了，他暗暗地点点头，不管哥哥的生活怎样，他永远是他心中的神灵，他会站在哥哥一边。突然一阵喇叭响，他抬起头，志远正从一辆"车"上走下来。他睁大眼睛，望着那辆"车"。天！这也算车吗？哥哥说的竟是实话！这是辆名副其实的小破车！原来的颜色可能是红的，现在却红褐分不清了，因为已被斑斑的铁锈布满了，车头灯是破的，车尾瘪了一大块，车身是东歪西扭的……小破车！在台北要找这样的小破车也不容易呢！

"意大利人开车毫无道德，就喜欢乱冲乱撞！"志远说，把志翔的行李放进行李箱，"有好车子也没用！如果不是我住的地方离歌剧院太远，我才不开车呢！"他扶着车门，忽然抬起头来，望着志翔，想说什么，却又咽下去了。"上车吧！车上再谈。"志翔困惑地蹙了一下眉，觉得志远似乎有些神秘。

上了车，志远发动了马达，那车子像坦克般鸣叫了起来，然后，一阵颤抖，又一阵叹气，再一阵震动……最后，却熄了火。志远嘴里发出一串稀奇古怪的诅咒，大约全是意大利话，志翔一个字也听不懂。志远再发动，又发动……终于，那车子很有个性的、"呼"的一声冲出去了，差点撞到前面一辆车子的尾巴。车子上了路，志远掏出一支烟，燃着了烟，他一面抽烟，一面开车，脸上有种犹疑不定而深思的表情。志翔闻着那绕鼻而来的烟味，情不自禁地说：

"哥，你抽烟很凶吗？"

"唔……还好。""烟不会坏嗓子吗？""唔……"车子一个急转弯，又差点和迎面而来的车撞上，志远一面猛按喇叭，一面却又低低诅咒，志翔却吓出了一身冷汗。"哥，在意大利开车，我看需要很强技术呢！"

"如果你能在意大利开车，你就能在世界各地开车！"志远说，望着前面的道路，车子在无数的车群中穿梭。志远深深地吸了一口烟，牙齿咬着烟蒂，他的眼光笔直地瞪着前面，好半晌，他取下了烟，哑声说："志翔，我必须告诉你……"

志翔的眼光正浏览着车窗外面，那些古典的欧洲建筑，那些饰着浮雕的教堂，那些街头的喷泉……他忽然大大地喘口气，就惊呼了起来："噢，凯旋门！我以为巴黎才有凯旋门！噢，那是什么？竞技场吗？古罗马时代的竞技场吗？噢！马车！这时代还有马车吗？噢！哥，我要发疯了，这些东西会使我发疯！你能停车吗？我要拿纸笔把它画下来。"

"志翔！"志远沉着地说，唇边浮起一个略带萧索的笑容，"你的时间多着呢！先回家休息休息，下午再出来吧，这不过是你来罗马的第一天而已！"

志翔压制了自己那兴奋的情绪，为自己的失态而有些讪然。他心不在焉地问："你刚刚说要告诉我什么？"

"唔……"志远又燃起了一支烟，"回家再说吧！"

志翔忽然回头望着志远，热烈地说：

"哥，你现在带我去看一个地方好吗？"

"什么地方？""你表演的那家歌剧院！我要看你的海报，你的戏台，你的化妆间……""哦！"志远唇边的肌肉牵动了一下，"改天吧！为了你要来，我昨晚兴奋得一夜失眠，现在好累好累！而且，也快要吃中饭了。"噢！原来如此，志翔望着他，怪不得他面有倦容，怪不得他猛抽香烟！和哥哥比起来，他未免太"寡情"了。初到异地，对什么都新奇，对什么都有兴趣，而志远呢？显然他最关怀的是弟弟的到来。他有些惭愧了。

"对不起，哥。"他喃喃地说。

志远伸过手来，抓住了他的手，安慰而宠爱地紧握了一下，什么话都没说。车子穿过了闹区，那些漂亮的建筑渐渐少了，车子越走越远，志翔狐疑地望着窗外。心想，志远住的地方实在很远，想必，有钱的人才住在郊外吧！可是，这也不算郊外，车子滑进了一条窄巷，巷子两旁，栉比鳞次地盖着一些矮屋，有些像台北的违章建筑。矮屋前，一些意大利妇女挽着裙子，裸露着腿，在门前洗衣晒衣，孩子们在街上追逐叫骂。车子转了一个弯，巷子更窄了，面前出现了一些摇摇欲坠似的危楼，可能盖了有几百年了，可能即将拆除了……车子停了下来，正在一栋危楼的前面。"到了！"志远简单明了地说，"上二楼，左边的一家，别走到右边去，右边住了一个酒鬼，不好惹！"

志翔拿着行李，跟着志远往二楼爬，没电梯，楼梯是木造的，踩上去咯吱咯吱响，每一步都似乎可能把楼板踩穿。到了二楼，志远取出钥匙开了门，志翔默默地走了进去。门里，是一阵扑鼻的霉味。暗沉沉的光线下，志翔打量着那简单的"客厅"，一张破沙发，上面堆满书报杂志，一张书桌，上面光秃秃地放着一盏没罩的台灯。几把椅子，一张餐桌。墙上，早已油漆斑驳，到处都有水渍。窗帘是陈旧的，旧得像电影中的老布景。他向"卧室"看去，"卧室"门口，触目所及，是一张像对联似的东西，贴在墙上。上面是志远从小就练就的一笔好毛笔字，写着：

"春去秋来年华渐老天涯海角壮志成灰"

他愕然地回过头来，怔怔地看着志远，志远也正默默地面对着他。兄弟二人无言地对视着。好一会儿，谁也不说话，室内沉寂得可以听到两人呼吸的声音。然后，志翔终于开了口，他轻声地、小心地问：

"你并没有在歌剧院演大角色，是吗？"

"工作并不那么容易找，"志远哑声回答，"尤其，对于东方人。""你真在歌剧院工作吗？"

"是的。""是配角吗？"志远默然。志翔走了过去，一把抓住了志远的手臂。

"不管你是配角，还是配角的配角！"他激动地、大声地说，脸涨红了，"你是个伟大的声乐家！你是我最敬佩的哥哥！我来了，我们要一起往一个理想上走，爬得再慢，也要往上爬！我会瞒住爸爸妈妈，可是……"他跑到卧室门边去，一把扯下那张纸，撕碎了它。"你还有壮志的，是不是？哥哥？"

"是的，"志远眼睛里闪着光，热烈地盯着他，"都在你身上，志翔！"

第三章

　　志远和志翔终于面面相对地坐下来了，志远又燃起了一支烟，他身边小几上的烟灰缸里，已堆满了烟蒂，室内被烟雾弄得迷迷茫茫的。透过那浓重的烟幕，志远悄悄地审视着志翔；二十四！不再是个十六岁的少年了！和他当年初抵罗马时的年龄一样，也和他当年一样充满了兴奋、雄心、壮志、豪情与新奇。志翔，那微卷的一头黑发，那年轻的光润的面庞，那发亮的眼睛和宽阔的前额……他多漂亮，像透了八年前的他！是的，志翔原是他的影子！

　　"哥哥，"志翔下定决心地抬起头来，"现在我懂了，这些年来，你并不像我们想象中那么得意，而你却不断寄钱回家，不断支持家用，又负担我的旅费……现在，我来了，让我告诉你，我要先去打工……"

　　"你下星期一开学，学费已经缴了。"志远简单明了地说，深吸了一口烟，"明天你就带着证件，跟着我去办入学手续，你来罗马，是来念书的，不是来打工的！"他盯着弟弟，语气里充满了命令的味道，"你会住得苦一点，吃得苦一点，可是，我保证，你的学费和生活，我还负担得起！"

"哥哥，"志翔凝视着他的眼睛，"你听我说……""你别说了！"志远站起身，在室内一面兜着圈子，一面努力整理着自己的思绪，"你的一切在你来以前，就都安排好了！到了罗马，你得听我的，不是我听你的！"他忽然停在志翔面前，脸上那份凝重已消失无踪，扬起眉毛，他笑了。"小画家，别把你的天才哥哥想得太窝囊，好不好？是的，我没演上大角色；是的，我只是配角中的配角；是的，我的待遇不高……可是，路是人走出来的，是不是？志翔，你信不信任我？"

志翔看着志远，后者脸上忽然涌起的那份光彩和欢乐的气息振作了他，他不由自主地挺直了身子。

"我当然信任你，哥哥！"

"那么，振作起来，别愁眉苦脸！"志远笑着嚷道，竭力让声调中充满了轻快，"今天是你第一天到罗马，我为你也有点小安排。"话没说完，传来轻微的敲门声，志远顿时精神一振，一半喜悦、一半神秘地说：

"她来了！""谁？"志翔困惑地问。

志远没回答，却对他更神秘地笑了笑，笑容里充满了某种难解的期待，和一份压抑不住的兴奋。走到门边，他打开房门，志翔看过去，惊愕地发现一个满脸含笑的东方少女，正亭亭然地站在门口。黑色的、像丝缎般光亮的长发，中间分开，从面颊两旁自自然然地披泻了下来，垂在肩上。一对温柔的、沉静的、笑意盈盈的眸子，正悄然地凝注在志远的脸上，只是一瞬间，这眼光已从志远脸上移开，落到志翔脸上了。志远让开身子，眼睛里闪着光彩，对那女孩说："忆华，你看，我没吹牛吧！我弟弟是不是很帅？"

原来这是个大陆女孩！志翔站起身子，被哥哥这种介绍的方式弄得有些尴尬。哪有如此"乱捧"弟弟的人！那名叫忆华的少女走进来了，大大方方的，安安详详的，她微笑着对志翔看了看，就又把眼光转回到志远脸上，她的眼珠好黑，好深，好温柔。"这下你该高兴了，"她说，声音轻柔如水，说的竟是一口好汉语，"你早也盼，晚也盼，总算把弟弟盼来了。"

"志翔！"志远对他一招手，"来，你见见忆华，高忆华，高低的高，回忆的忆，中华的华。她父亲说打她一出生起，就想带她回去，所以取名叫忆华，从小就教她说汉语，可是，到现在，她还没回去过，她是在意大利土生土长的华侨！你别轻视这件事，在国外长大的华侨，十个有九个是不会说汉语的！是不是，忆华？"忆华仍然微笑着，眼光始终悄然地凝注在志远的脸上。志翔敏感地觉得，她和哥哥之间一定不简单！这样一想，他就情不自禁地、更仔细地打量着高忆华，好年轻！大约只有二十来岁！一件简单的米色麻布衬衫，下面系着条浅蓝色小花的裙子，朴素中流露着自然，端庄中不失清丽，最特殊的，还是她浑身上下带着的那抹恬静与温柔的气质。多好！他模糊地想着，兴奋了起来，哥哥在国外，并没有虚度他的青春！

忆华在志翔那敏锐的注视下有些不安了，她很快地扫了志翔一眼，两人眼光接触的一刹那，忆华不知为何红了红脸，就很快地说："好了，志远，家里饭菜都准备好了，你们也该过去了吧，别让爸爸老等着！"志远没有忽略忆华的"红脸"。他一手拉住了志翔，一手挽住了忆华，说："志翔，我是男人，可没办法弄出什么吃的东西来，所以，我麻烦忆华给你做了些菜，为你接风。忆华的中国菜是第一流的，包你在馆子里都吃不到！这也是我不让你在路上停留，急急把你带回家的原因，总不能让人家忆华做了菜等不着人啊！吃完午饭，下午如果你还有精神，我们三个人，可以开着咱们的小破车，去观光罗马市！"

　　"哥，你真是……"志翔不知该怎么说，又看了忆华一眼，"这样麻烦人家高小姐……"

　　"得了！得了！"志远叫着说，"八年不见，你真成了绅士了，哪来这么多客套？忆华就是忆华，什么高小姐，她还有个意大利名字，叫——兰西丝卡，噜苏极了，就叫她忆华吧，咱们不是意大利人！走吧！我们到忆华家里去。志翔，你别认生，忆华家就和我自己家差不多，你来了，也要把她家当成自己家，用不着客气，也用不着分彼此！"

　　话说得很明显了，志翔暗中微笑了一下。自从在飞机场见到志远，还没看到他像现在这样神采飞扬。

　　走出了房门，下了楼，他们置身在阳光里了。罗马的阳光，罗马的陋巷！志翔打量着周围的环境，心里模糊地想着，是不是任何著名的城市里，都有着这样嘈杂零乱的角落！可是，零乱归零乱，那异国的情调仍然浓重，地是石板铺成的，巷尾有古老的小教堂，竖着孤寂的十字架。路边有各种小店，面包、酒吧、小咖啡馆、Pizza（一种意大利饼）店，一个胖大的意大利女人，正站在饼店门口吃Pizza，志翔惊奇地看着她把奶酪拉得长长的，再绕在饼上，送进嘴里去吃。

"意大利人最爱吃奶酪！"志远笑着解释，"奶酪和啤酒！所以，十个意大利人有八个是胖子！"

他们停在一家小小的皮鞋店门口，门面很小，挂着大张大张的羊皮牛皮，几双鞋子，门上有个招牌，用意大利文和英文写的，翻译成中文，是"荷塞鞋店——修理，定做，准时交货"。"到了！"忆华微笑着说。

志翔惊奇地看着这门面，想不透怎么会到了一个皮鞋店来。"我爸爸从学徒干起，"忆华安静而平稳地说，"做了一辈子的鞋匠，荷塞是他的意大利名字。"

"你知道，"志远接着说，望着志翔，"意大利皮鞋，是世界闻名的！"世界闻名的意大利皮鞋，中国的鞋匠！志翔有一些迷惘，不知心中在想些什么，犹疑中，忆华已经推开那扇玻璃门，门上有一串铃铛，顿时发出一阵清脆的叮当声。同时，忆华扬着声音喊："爸爸！客人来啦！""该罚！"志远咂了一下嘴。

"怎么？"忆华回头凝视着志远。

"刚说过是一家人，你就说是客人！客人，客人，谁是你的客人？"他微笑地、抢白地问道。

忆华的脸又红了，眼睛里流转着光华。志翔发现她很容易脸红。望着她和志远间的神情，他不禁看呆了。正出神间，屋里响起一阵热烈的、爽朗的、低哑而略带苍老的嗓音，叫着说："志远！是志翔来了吗？"

跟着这声音出现的，是一个中等身材、宽肩膀、满头花白头发的老人。他脸上刻满了皱纹，眼角眉梢，到处都有时间和风霜刻下的痕。可是，他那对眼睛却是炯炯有神的，面颊也是红润而健康的。他看来虽已年老，却依然健壮，而且，是个充满生命活力的人。他腰上还系着一块皮围裙，一走过来，就满身都是皮货的味道。

"高，"志远对这老人的称呼相当简单，"这就是志翔！"他像献宝般把志翔推上前去，"一个未来的大艺术家！你看看他，是不是很漂亮？"志翔又有那种尴尬的感觉，对老人鞠了一躬，他恭敬地喊了一声："高伯伯！""叫我高！"老人爽朗地喊着，"中国人叫我高，外国人叫我荷塞，没有人叫我高伯伯，也没有人叫我真正的名字，我的中文名是高祖荫。当年，只有忆华的妈叫我祖荫，自从她妈去世后，就没有人叫我祖荫了。"

"爸，别提老事哩！"忆华柔声说，走过去，解下父亲腰上的围裙，"怎么还系着这个呢！"她半埋怨半娇嗔地说，流露出一份自然的亲昵和体贴。老人用爱怜的眼光望了女儿一眼。"好，不提老话！今天是高兴的日子，志远，咱们得喝一杯！忆华这傻孩子，做了一桌子菜，像发疯了似的，她准以为你们家志翔是个大饭袋……"

"爸爸！"忆华又红了脸，很快地瞟了志翔一眼。

"怎么怎么，"高祖荫说，"今天我一直说错话！好哩！来吧，来吧！我们来吃饭！"他拉着志翔的胳膊，又站住了。仔细地看了他一眼，他抬眼转向志远。"他长得很像你！志远。"他的眼神里充满了某种感动的情绪。

"像八年前的我，是吗？"志远问，声音里忽然有了一抹酸涩的味道。"志远！"忆华喊了一声，声音轻柔婉转，令人心动。她的眼光直视着志远，欲言又止地咬了咬嘴唇，终于说："你安心要等菜凉了再吃，是吗？"

"进来进来，到我们的小餐厅里来！"高祖荫很快地嚷着，"志翔，我们的房子虽然又破又小，我们欢迎你的诚意可又真又多！瞧！咱们丫头做了多少菜！"

穿过那间又是店面，又是工作间的外屋，他们来到了一间小小的餐厅里，由于四面都没有窗，虽是大白天，餐厅里仍然亮着灯。餐厅中间，一张长方形的餐桌上，铺着粉红格子的桌布，四份餐具前面，也放着同色的餐巾。确实，有一桌子的菜，鸡鸭鱼肉几乎都全了，正热腾腾地冒着热气。在那些菜的中间，还放着一瓶未开盖的红葡萄酒。

"嗨！怎么？丫头！"老人怪叫着，"你越来越小气了，舍不得拿好酒啊？咱们那瓶拿破仑呢？"

"爸，"忆华对父亲轻轻地摇摇头，"你和志远，都不应该喝烈酒。""真的！"一直没开口的志翔附议地说，"我根本不会喝酒，哥哥也不该喝酒，会影响他的嗓子。"

志远轻咳了一声，不由自主地往后退了一步，缩了缩脖子，似乎房里有冷风吹了他似的。老人和忆华都很快地抬起头，对他望了一眼。志远用舌头舔舔嘴唇，忽然觉得喉咙里又干又涩，他哑声说："才来第一天，就要管我哦！"

"你也该有个人管管了。"忆华轻声说。

"吃饭吃饭！"老人重重地拍了几下手，扬着眉毛，大声喊，"我快要饿死了！丫头，你们坐啊！"

大家坐下了，志翔抬起头，正好看见志远对忆华使了个眼色，忆华怔怔地坐在那儿，眼睛怔怔地瞅着志远，目光里仿佛有千言万语似的。他们间有什么事吗？志翔也怔了。而老人呢？他浑然未觉，笑呵呵地握着酒瓶，"啵"的一声，酒瓶开了盖，也不知道那是种什么酒，像香槟似的有股泡沫迅速地往上冲，老人慌忙用酒杯接住。

酒倒进了杯子，红色的，像血。

第四章

维纳斯广场、埃曼纽纪念馆、罗马之神的雕像、罗马废墟、古竞技场、康斯坦丁拱门、翠菲喷泉……小破车载着三个人，驰过一个又一个历史的遗迹，恺撒大帝和尼禄王、米开朗琪罗和贝尼尼……无论是英雄与暴君，无论是艺术家与雕刻家，都已经随时间而俱逝，留下的，只是无数的石柱、雕像、废墟，和凭吊者的惊叹！

惊叹！真的，志翔是疯狂地迷醉在这一片古迹里了。罗马，谁说它是一座城？它本身就是一件神奇的艺术品！志远驾着车，在每一个地方做片刻的停驻，那车子每次发动都要闹闹脾气，发抖、喘息、叹气地来上一大串，才心不甘、情不愿地往前冲去。"今天，你只能走马看花，大致逛逛就可以了。"志远对志翔说，"以后，你有的是时间，像你这种学艺术的人，每件街边的雕像，都值得你去研究上三天三夜！"

"别忘了去梵蒂冈，"忆华静静地说，"那儿有著名的米开朗琪罗的壁画，亚当头像，是世界闻名的。"

志翔惊奇地看了忆华一眼。

"你也学艺术吗？"他问。

忆华的脸红得像酒。"你笑我呢！我什么都没学！我太平凡，学什么都没资格！"

"她读完中学就没念了，"志远接了口，"别听她什么有资格没资格，她是世界上最好的女孩，只是……"志远轻叹了一声，"高需要她，而且，无论学什么，学费都很可观……"

"别帮我掩饰了！"忆华笑吟吟地、坦白地说，"是我胸无大志，我不是什么天才，我只是个平平凡凡的女孩子，犯不着让爸爸做牛做马地来栽培我。如果我真有才气，爸爸是死也不肯让我辍学的！爸爸和我都有个相同的长处：我们都有自知之明。"她望望志远，眼里有着感激的光芒，"别把我说得太好，志远，你知道我多么平凡！"

"肯承认自己平凡的人就不平凡！"志远加重语气说，好像在和谁生气似的，"反正，在我心目中，你永远是个最完美的女孩子！"忆华那红得像酒似的面庞蓦然变白了，她像被针刺般震动了一下，眼光紧紧地盯在志远脸上。志远似乎也吃了一惊，好像被自己的语气吓住了。下意识地，他加足了油门，车子飞快地向前驰去，他扬了扬头，看着车窗外面，说：

"志翔，快看！左边就是布什丝公园，里面有个小博物馆，知道拿破仑妹妹的裸体雕像吗？就陈列在这里面。今天太晚了，不能带你参观了，改天，你可以让忆华陪你来看，雇一辆马车，在这公园里慢慢地兜它一圈，是人间最大的乐事！是不是，忆华？"忆华把眼光投向窗外，眼睛迷迷蒙蒙的，湿漉漉的。

"是的，"她静静地说，"我还记得我小时候，你常常带我来兜风！""那时候你还叫我陈哥哥呢！"志远对忆华做了个鬼脸，"越大越没样子，现在干脆叫名字了！"

忆华勉强地笑了笑，望着车窗外面，没再说话。

志翔狐疑地看看他们，一时间，觉得他们之间的关系很微妙，似乎不像他最初想得那么单纯。可是，这毕竟是哥哥的事，他是无权过问的。而且，他的心思正漂浮在别的地方。

"哥，你演唱的地方叫国家歌剧院吗？今天我们有没有经过那地方？""唔——经过了。国家歌剧院就在火车站旁边。"

"为什么不让我看看？"

志远的眉毛拧了起来。

"别谈那歌剧院好不好？"他沉重地说，"罗马有几千几万个地方，都比歌剧院值得一看！"

忆华的眼光从窗外调回来了，悄悄地望着志远。

"志远，天快黑了，我们回家吧！"她说。

"哥，你今天不表演了吗？"

"为了你，请了一天假，明天就要上班。我明天先陪你去注册，我下午还有个兼差，晚上工作的时间，是八点到一点。"

"白天还有兼差！什么兼差？"志翔吓了一跳，"你晚上表演，白天做事，受得了吗？"

"下午的工作很轻松，不过是——是——"志远含糊了一下，"在家私立中学教音乐。"

志翔有些狐疑，教音乐，教音乐需要整个下午吗？

"哥，歌剧是怎么回事？你每场都有戏吗？""哈！"志远笑得古怪，耸了耸肩，轻松地说，"你哥哥是个天才，每场戏都少不了他！"

一阵疯狂的喇叭声，志远超过了一辆大卡车，迎面一辆漂亮的敞篷车，硬被志远的小破车给逼到马路边缘上去了。那车上的几个青年男女，发疯般地挥拳大骂，志远理也没理，车子"呼"的一声，就掠过了他们，冲往前面去了。忆华长长地抽了口冷气："志远，你玩命呢！""玩命？"志远扬了扬眉，"也不是从今天开始的！我就爱开快车，怎样？""你玩命没关系，"忆华低声说，"车上可还有你弟弟！"

志远嘴角的肌肉一阵痉挛，车子的速度减慢了。晚上，回到了"家"里，兄弟两个都很疲倦了。晚餐是和忆华一起，在一家小咖啡馆吃的，志翔初次领教了意大利通心粉的滋味。饭后，先送忆华回了家，他们才回来。志远推开卧室的门，有些抱歉似的对志翔说："这见鬼的小公寓只有一间卧室，所以，你没办法有单独的房间，咱们哥儿俩，只好挤在一间里！"

"哥，我宁愿和你住一间！"志翔说，走了进去。卧室很小，放着两张单人床，上面整齐地铺着雪白的被单、毛毯和干净的枕头套。床和床中间有一张小书桌，桌上，有台灯、书籍和一个镜框，镜框里是张照片。志翔本能地走过去，拿起那镜框，他以为，里面可能是忆华的照片，可是，出乎意料的，竟是志远和他的一张合照！在台北的院子里照的，站在一棵杜鹃花树前面，志远大约是十八九岁，自己呢？才只有十一二岁，吊儿郎当的，半倚靠在志远身上，志远挺神勇的样子，一脸调皮的笑，手挽着自己的肩膀。他放下照片，鼻子里有点儿酸酸的。"我都不记得，这是什么时候照的了？"他说。"我也不记得了。"志远说，又燃起了一支烟。"离开家的时候，就忘记多带一点照片，在旧书里发现夹着这一张，像发现宝贝似的……"他勉强地笑了笑，在床上坐了下来。"家就是这样一个地方，你待在里面的时候并不觉得它好，离开了就会猛想它。"志翔把镜框放好，在桌前的椅子里坐了下来。离开家并没多久，他眼前又浮起父母的面庞。

"志翔！"志远忽然亲昵地叫了一声。

"嗯？"他抬眼看着志远。

"告诉我，"志远有些兴奋地说，"你在台湾，有没有女朋友？""女朋友？"志翔摇摇头，坦白地笑了，"我明知道自己会出去，何必弄那个牵累？"

"你的意思是没有？""没有。""真的？""当然真的！"他诧异地看着志远。"干吗？"

"那么，"志远热烈地盯着他，有些急促地说，"你觉得忆华如何？""忆华？"他吓了一大跳，愕然地说，"哥，你是什么意思？""我跟你说，志翔！"志远深吸了口烟，迫切地、热心地说，"这女孩是我看着长大的，不是我胡吹，她确实是不可多得的好女孩。华侨女孩子，要不就不中不西，要不就欧化得让人反感。而忆华呢？她比台湾长大的女孩还要规矩和中国化……""哥哥！"志翔打断了他，困惑地说，"我知道她很好，可是……""别可是！"志远阻止了他下面的话，"只要你认为她很好，就行了！感情是需要慢慢建立的，你们才见面，我也不能操之过急，我只是要提醒你，错过了像忆华这样的女孩子，你在欧洲，就不可能找到比她更好的中国女孩了！"

"哥哥！"志翔啼笑皆非地说，"这是怎么回事？我以为她是你的女朋友呢！"志远一震，一大截烟灰落在桌上了，板起脸，他一本正经地说："少胡说！志翔！别糟蹋人家了！我足足比她大了十岁！我是看着她长大的……""那又怎样呢？"志翔微笑着说，"三十二岁配二十二岁正好！而且，你的年龄，也该结婚了！"

"胡闹！"志远生气地、大声地说，"志翔！不许拿忆华来开玩笑，你懂吗？人家是规规矩矩的女孩子，你懂吗？你别因为她是个老鞋匠的女儿，就轻视她……"

"哥哥！"志翔惊愕地蹙起眉头，"我并没有轻视她呀！你不要误会好不好？""那就好了！"志远熄灭了烟蒂，站起身来。望着弟弟，他又笑了，伸手握了握志翔的肩，他说："是我不好，我太心急了。慢慢来吧！我们今晚不谈这个。我去煮点咖啡，你要吗？"

"这么晚喝咖啡？你不怕睡不着？"

"已经喝惯了。"志远说，随后走开去煮咖啡。"将来有一天，你也会喝惯的！"志翔往床上一躺，用手枕着头，经过这漫长的一天，他是真的累了。闭上眼睛，他只想休息一下，可是，只一会儿，他就有些神志迷糊了。恍惚中，他觉得志远站在床边，审视着自己，然后，他的鞋子被脱掉了，然后，志远拉开毯子，轻轻地往他身上盖去……这一折腾，他又醒了，睁开眼睛来，他歉然地望着志远，微笑了一下，喃喃地叫了一声：

"哥！""睡吧！"志远说，用毯子盖好了他，看到他仍然睁着眼睛，他就欲言又止地叫了一声："志翔！"

"嗯？"他模糊地答道。"答应我一件事好不好？"志远的眼睛，在灯光下闪着光芒。"什么事？"他沉默了一下。半晌，才哑声说：

"永远别到歌剧院来看我演戏！"

志翔一震，真的醒了。

"为什么？""因为——"他困难地、消沉地说，"我只是个配角的配角！""哥！"他握住志远的手，"我们是亲兄弟呀！我不在乎你是什么配角不配角……""我在乎。"志远轻轻地说。

志翔愣了片刻，然后，他了解地点点头。

"好吧！如果你坚持这样……"

"我坚持。"志翔又点了点头，灯光下，他觉得志远的眼神黯淡而落寞。没关系！他在心里自语：我会治好他的自卑感！我会恢复他的信心！志远拍了拍他的肩，感激地对他笑笑，走开了。

整夜，他听到志远在床上翻腾，整夜，他闻到香烟的气息。

第
五
章

就这样，志翔投身在罗马那个艺术的炼炉里去了。而且，立即，他就觉得自己被那些艺术的光芒和火花给燃烧了起来，使他周身的血液都沸腾着，使他的精神终日在狂喜和兴奋中。他迷住了艺术，迷住了雕刻，迷住了罗马。

开学之后没多久，他就发现自己进的是一家"贵族学校"，罗马的国家艺术学院收费不高，可是，自己竟念了一家私立的艺术学院。同学是来自世界各地的人，尤其以瑞士人和英国人居多。东方面孔的同学，几乎找不到，开学一个月，他才发现两个东方人，却是他最无法接受的日本人。他很难在学校交到朋友，事实上，他也没有交朋友的时间和雅兴。那些日子里，他要应付语言上的困难，要习惯异国的生活，要接受教授的指导，剩下的时间，就发疯般地消磨在国家博物馆、布什丝别墅，以及圣彼得教堂中。

忙碌使他无法顾及自己的生活，也无力过问志远的生活。

志远每日要工作到凌晨一点左右才回家，那时他多半已入睡，等他起床去上课，志远还在熟睡中。他每天搭巴士去上课，中午就在学校或外面随便吃点东西，午后下课回家，志远又去工作了。他的晚餐，是志远安排好的，在高祖荫家里"包伙"，他不知道志远和高家是怎么算的，但是，高氏父女，待他却真的如亲人，变着花样给他弄东西吃。他每日见到高氏父女的时间，比见到志远的时间还要多。因此，他和忆华是真的亲近而熟稔了起来。

晚餐后，他常坐在高家的餐厅中，和忆华随便谈谈。忆华总是煮一壶香喷喷的咖啡，给他一杯，自己就默默地工作着。她总有那么多事要做：收拾碗筷，打扫房间，整理父亲的工具，或在缝衣机前缝缝补补——在这"餐厅"里，事实上还有很多东西，缝衣机、切皮刀、皮革、浸绳子的水盆和种种高祖荫需要的用具。忆华总是不停地工作着，家事做完了，就帮父亲把皮绳浸入盆子里，或清理皮革，或整理订单，或盘算账目……而且，志翔发现，连自己兄弟俩的衣服、被单、枕头套，都是忆华在洗洗烫烫，甚至，连自己的房间，都是忆华每日去收拾整理的。"忆华，你什么时候认识我哥哥的？"一天晚上，他问。

忆华悄然地从她的工作中抬起头来，她正补缀着一条裙子的花边。她无论多忙，给人的感觉都是那样从从容容、安安详详的。"那年我十四岁，他第一次走进我们店里，手上拎着一双鞋底破了洞的鞋子。"忆华回忆地说，面容平静，眼光迷蒙，"他靠在柜台上，咧着张嘴，对我嘻嘻直笑，问我是不是中国人？当我用中文告诉他我是，他大叫了一声，跳得有三丈高，他把我一把抱起来……"她羞涩地垂下眼睑，"那时我很瘦很小，虽然已经十四岁，还像个小孩子。"定了定，她继续说，"后来他和爸爸谈了起来，爸爸问他，怎么把鞋子走得破了洞？他回答说：'你怎么可能在罗马，不把鞋子走得破了洞？'"她轻轻地叹息了一声，"那时，他和你现在一样，对罗马发了疯、发了狂，而且，他快乐、骄傲、充满了自信。"

志翔动容地望着忆华，他很少听到忆华讲这么多话，一向，她都是沉默而内向的。

"那是八年前了？""是的，那时，志远才到罗马三个月，只会说最简单的意大利文，他告诉我，他学会的第一句意大利文是'妈妈米亚'，第二句是……"她红了脸，微笑地低语，"是一句粗话！那次，他和爸爸谈了好多好多，那时他住得离这儿比较远，后来，他搬了好几次家，越搬越近，我们两家，一直是好朋友、好邻居……"她垂下头，又继续缝缀，"在罗马，很难交到中国朋友。"志翔凝视着她，啜了一口咖啡，他深思了好一会儿。

"忆华，"他终于说，"哥哥一直不许我去歌剧院，你能不能告诉我，他到底演的是什么角色？我来了一个多月了，从来没有听到他练嗓子！我记得，在他留学以前，每天都要练的，当然，也可能是我上课去之后，他才练唱！"

忆华的头仍然低俯着，她没说话，也没抬头，手指的动作略略停顿了一下，就更快地缝纫了起来。

高祖荫走了进来，围着皮裙子，他取了一束皮线，一面往外屋走，一面对志翔说：

"你对歌剧院了解太少，罗马有两家歌剧院，一家是罗马歌剧院，一家是露天歌剧院，叫卡拉卡拉。歌剧也有季节，并不是每晚都有的。我们东方人，能在歌剧院里的大头戏中唱和声，就已经很了不起了！"他转身走出去了，接着，是那绳子从皮革上拉过去的声音。

志翔有些迷糊了，两家歌剧院，那么，志远到底在哪一家？他的脑子越来越混乱。

忆华站起身来，给志翔重新倒了一杯咖啡。她的眼光默默地、祈求似的看着他："帮个忙好吗？"她低语。

"什么事？""别把我们今晚的谈话告诉他！别去问他！什么都不要问他！"他注视着忆华，第一次发现忆华的眼珠又黑又深又楚楚动人。"告诉我，他到底在哪家歌剧院工作？"

"卡拉卡拉的季节是七月到九月，秋天以后，就在罗马歌剧院。"忆华轻声说，"可是，别去找他！千万别去，你会伤他的自尊。"这晚，他失眠了。躺在床上，他望着天花板，呆呆地发着愣，怎样也无法入睡，直到志远回来。

走进卧室，志远有些诧异地看着他。

"怎么？还没睡吗？""睡不着。"他闷闷地说。

"想家？"志远脱去外套，罗马的秋季，已经颇有凉意了，尤其深夜，气温是相当低的，"是不是爸爸妈妈有信来？"

"今天没有。"他望着志远，他的衬衫上有泥土的痕迹，他的面颊上也有，他在扮演什么角色？唱和声？他盯着志远的额头。那儿，已经有皱纹了。唱和声？甚至不是配角，不是配角的配角，不是跑龙套，只是一群和声中的一个？那么，他脸上的倦容就是属于精神上的了？八年！八年苦学，只落了一个"和声"？"怎么了？"志远拖了一把椅子，坐到床边来，仔细地审视他。"你看来有心事！"他忽然眉毛一扬，眼睛就发亮了，"让我猜一猜！当一个男人失眠的时候，只能为了一件事……"他燃起一支烟，微笑地盯着他："是忆华吗？这些日子来，你们总该有点进展了吧？"

"忆华？"他怔了怔，"忆华是个好女孩。"他喃喃地说。

"我早告诉你了的！"志远兴奋地捶了一下床垫，"你老哥不会骗你！你老哥的眼光比谁都准！你老哥帮你物色的女孩子准没错！"他喷出一口烟，眯起眼睛，对他打量着，企盼地、热烈地问："快告诉我，你们进展到什么程度了？"

"什么程度？"他心不在焉地说，"没有什么程度。"

"怎么讲？"志远蹙了蹙眉，"我告诉你，志翔，对忆华那种女孩子，你得有点耐心，她是很稳重、很内向的典型，不像意大利女孩，第一天见面，第二天就可以热情如火。所以，你要忍耐，带她出去玩玩，罗马是世界上谈恋爱最好的地方……真的，你每晚是不是都带她出去？"

"从来没有！""从来没有？"志远惊讶地叫，"你真是个驴蛋！罗马的落日，马车，黄昏，月夜……你完全没有利用吗？你每晚在她家做什么？""谈天。""谈什么？"志翔注视着志远。"谈你！"他冲口而出。

志远一怔，愣愣地望着志翔。志翔对他慢慢地摇摇头。

"哥哥，你白费力气！坦白说，我从没有追求忆华的企图！否则，我不会辜负罗马的落日和黄昏！"

"志翔，你别傻！""我不傻，"志翔翻了一个身，面朝着墙壁，静静地说，"如果我们兄弟当中有傻瓜，绝不是我！"

这一下，轮到志远失眠了。

第二天晚上，志翔回到家里，他发现志远在卧室的书桌上给他留了一张纸条，上面写着：

"志翔：别辜负大好时光，罗马的秋夜别有情趣，帮帮忙，邀她出去坐坐马车，或到路边咖啡馆小憩。桌上有五千里拉，拿去零用。"他望着桌上的五千里拉，望着那张条子。看来，志远以为他不邀忆华出去，是因为缺乏钱。钱！是的，他的钱不多，可是，也从没有缺过钱用，每次，时间差不多的时候，志远总会留些钱在他口袋中！钱！一个唱和声的人到底能赚多少钱？他每天午后，又到底在做些什么工作？他呆呆地坐着，沉思着。桌上的钟指到了十点，晚上十点！歌剧院应该很热闹吧？罗马歌剧院总是人潮汹涌的，票价也贵得惊人！他忽然觉得一阵冲动，抓起桌上的五千里拉，他冲出了屋子，跑到大街上去了。

叫了一辆街车，他直奔罗马歌剧院。

卖票口已经关闭了，门口的警卫叫他明天再来。明天？明天他或者已经没有勇气来这儿了。他在歌剧院门口徘徊又徘徊。秋天的夜，凉意深深，一弯上弦月，高高地挂在天上，不远处有个广场，维克多王的铜像，伫立在昏暗的夜色里。

他的腿已踱得又酸又麻，寒风吹在身上，凉气袭人。他绕到了歌剧院后面，无意中，发现那儿是后台的入口。

"我可以进去找一位演员吗?"他问。

居然,他被允许进去了。

第一次走进歌剧院,后台比他想象中零乱得多,许多人奔来跑去,许多工人在搬动布景,许多演员在等待出场。他从绒幔后面往前看去,那些攒动的人头,那些包厢,那些打扮入时的观众。台上,一位女高音正在充满感情地唱一支他不懂的歌曲,他牵开帘幔一角,看到台上的演员,确实,这是个大型歌剧,人数众多,但在那些戏装和油彩下,他实在无法分辨志远在哪个角落!戏装?油彩?他脑中有些零乱!他从没看过志远脸上有油彩,他卸装一定很仔细。放下帘幔,他站直身子,开始呆呆地出起神来。

忽然间,他看到志远了!

是的,那是志远,不在前台,不在台上,却在后台!他正面对着他走过来,背上,扛着一块大大的布景石柱,正预备走到堆布景的道具屋里去。当兄弟二人面对面的一刹那,两人都如此震动,那石柱差点从志远肩上滑下来,他迅速地用两手扶牢了它,他的手指紧扣在那石柱上。虽然那石柱是假的,显然也相当沉重,他的腰被那重负压得弯弯的!他站定了,面色苍白,呼吸急促,怔怔地望着志翔。

这就是谜底!不是大演员,不是配角,不是配角的配角,不是龙套,不是和声……什么都不是!他是歌剧院的一名工人,一名扛布景、打杂、背东西的工人!这就是谜底,这就是一切!这就是他不允许志翔来歌剧院的原因!

志翔觉得一股热血从胸口往脑中冲去,顿时间,他觉得无法停留在这儿，无法面对志远，更无法去聆听那场中正好爆发的一阵如雷的掌声……他喉中发出一声痛楚的悲鸣，就迅速地掉转身子，往歌剧院外面狂奔而去。

志远放下了手中的石柱，叫了一声：

"志翔！"志翔冲到大街上了，冷风迎面吹来，吹醒了他若干神志，他把双手插在外套口袋中，往前面漫无目的地走去。然后，他听到身后有追过来的脚步声，志远气喘吁吁地追上了他。

"志翔！"他喊，走到他身边，"对不起，我不该瞒你，事实上，你来的第一天，我就想说，可是，我说不出口！"他大大地喘了口气，声音在夜风中显得虚弱而无力。"我骗了你，骗了爸爸妈妈，我从没拿到文凭，我根本没读到毕业……我只是个工人！下午，在营造厂做杂工，晚上在歌剧院！这就是我的真面目！你知道在国外，生活不那么容易……"他越说声音越低，终于咽住了。营造厂做杂工！歌剧院抬布景！天哪！志翔咬紧了牙关，无法说话，志远伸手拉住了他，把他的脸转向自己。街灯下，志远看到两行眼泪，正沿着志翔的面颊滚落下来。

"志翔，"他沙哑地说，"当工人并不像你想象的那么可耻……""不！不是！"志翔终于大声地嚷了出来，感到有股热浪，正撕裂般从他胸腔中往外迸裂。"不是可耻！不是！我在想的，是你陆续寄回家的那些钱，是我的旅费，我那该死的贵族学校，和你留在桌上的那五千里拉！"

志远望着他，苍白的面颊上顿时恢复了红润，他的眼睛在街灯下闪亮。"我负担得起，志翔，你放心，我负担得起！你只要好好念书，别的都不要你管！你老哥身体还很结实，你瞧，我的肌肉多有力！"志翔觉得自己快要崩溃了，他伸手扶住身边的一样建筑物，那建筑物冰冰冷冷的，他下意识地仰头往上看，才发现他们已不知不觉走到无名英雄墓的前面，他正扶在一个不知名的雕像上，那雕像是大理石塑造的，白色的头颅庄严地、肃穆地伸向那黑暗的天空，在月光下显出一种幽冷的、悲壮的、凄凉的美丽。他把头靠在那冷冷的塑像上。志远伸手按住他的肩，故作欢快地说："与其当一个配角的配角，还不如当一个工人好，你说呢？"夜风从空旷的维纳斯广场上吹来，凉飕飕的。

第
六
章

　　志翔仰躺在床上，眼睛大大地睁着，直勾勾地瞪视着天花板。天花板上有块水渍，像是一个侧面的狮身人面像，他已经盯住这水渍，足足看了三小时。

　　志远坐在床沿上，猛抽着香烟，满屋子都是烟雾腾腾，书桌上有个烟灰缸，已经被烟蒂堆满了。兄弟两个，就这样一个坐着，一个躺着，各想各的心事。

　　"志翔，"终于，志远打破了沉寂，喉咙沙哑，情绪激动地说，"你能不能洒脱一点？男子汉大丈夫，能屈能伸！我并不以当工人为悲哀，你干吗这样世界末日来临了一样？你给我振作一点，高兴起来，行吗？你再这样阴阳怪气，我要冒火了，我告诉你！我真的要冒火了！"

　　志翔从床上一骨碌坐了起来，紧紧地盯着志远。

　　"我想通了，哥哥！""想通什么了？""我明天就去退学，也找一个工作做，我们两个合力赚钱，寄回家先把债务还清，然后我做工，你继续去修你的声乐，因为我还年轻，有的是时间……"

"胡闹！"志远的脸涨红了，愤愤然地拍了一下桌子，他真的生气了，他的眼睛燃烧着怒火，眼白发红。"不要再提我的声乐！我如果修得出来，我早就成了声乐家了！我告诉你，志翔，你一定要逼我说出来，我已经完了，不再是八年前那个充满豪情壮志的天才了！我早已一无所有，早已是一块废料！在你来以前，我根本不知道我的生命还有什么意义？自从你来了，年轻，优秀，满怀壮志……我好像看到了八年前的我，我才又活过来了！从小，大家说你是我的影子，你既然是我的影子，我所不能做到的，你该帮我做到；我所失败的，你该去成功；我所半途而废的，你该去完成！只要我能培养你成功，我也不算白活了，我的生命也就有价值了！你懂吗？你了解吗？"志翔愕然地、困惑地看着志远。

"我不懂，我不了解！"他大声说，"你为什么要放弃你自己的希望？你为什么要把你的希望挪到我的身上来？你根本不通！""看看我！"志远叫，一把抓住志翔的胳膊，"我已经三十二了！没有从三十二岁开始的声乐家！你还年轻，你的画已经为艺术学院所接受，你会成为一个大艺术家！你如果现在去打工，就会变得和我一样……"

"我不管！"志翔拼命地摇头，"我不能用你做工赚来的钱，去读那样昂贵的艺术学院！我宁愿一事无成，也不去念那个鬼书！随你怎么说，我明天就退学……"

志远用力提起了志翔，死盯着他的眼睛，从齿缝里说：

"你讲不讲理？""我当然讲理！就因为讲理，才不能继续念书！""你要让爸爸妈妈含恨终身吗？"志远的声音，低沉而有力，他的眼睛灼灼然地对着他。"我已经毁了，你也要毁掉吗？志翔，"他深吸了一口气，"用用你的理智，用用你的思想，让爸爸妈妈的两个天才儿子，总有一个能学有所成吧！他们有一个儿子在国外当工人，已经够了，难道两个都去当工人吗？"

志远的语气，那么沉痛，那么恳挚，这使志翔完全折倒了。他无言地望着哥哥，痛楚地紧锁了眉头。志远慢慢地放开了他，慢慢地站起身来，在室内踱着步子，走了一圈，又走了一圈。志翔用手支着额头，脑子里是一团乱麻，心里是又酸又痛又苦涩。半晌，他才悲切地说了一句：

"你做工，我读书，你教我怎么念得下去？"

志远停在他的面前。"你念得下去！你一定念得下去！"他热切地说，"如果你对我这个哥哥，还像当初一样尊敬和崇拜，如果你不因为我是个工人就轻视了我，那么，你就为我念下去！为我争一口气！志翔，算是你为我做的！"

志翔抬起眼睛，凝视着志远。

"哥哥，这是你的期望吗？"

"我全部的期望！我最大的期望！"他几乎是痛心地喊着。

志翔低下了头，默然不语，片刻，他终于抬起头来，深思地看着志远，好一会儿，他才肯定地、下决心地说：

"好吧！我依你！我念下去！但是，我要转到国家艺术学院去，那儿的学费便宜。我还要利用课余时间，找一个兼差！"

"你可以转到国立艺术学院去，"志远说，"但是，那儿是要考试的，不一定把你安排到几年级，而现在的教授，都欣赏你。这学校又是学分制，你可以提早修完学分，提早毕业。我劝你不要转学，不要因小而失大！至于兼差吗？你就免谈了吧！与其兼差，不如拿那个时间去用功！"

"哥哥！"志翔咬住牙，不知再说什么好。他沉默了。

志远重重地在志翔肩上拍了一下，他的眼眶潮湿，嘴角却涌上一个欣慰的笑容。"你答应了，是不是？你不再三心二意了，是不是？到底是我的弟弟！"他说，"我知道你不会辜负我，我知道！你像我，你和我一样倔强，一样好胜！"

辩论结束，志翔又无可奈何地躺回床上，继续盯着天花板上的水渍。激动的情绪已经过去，取而代之的，就是一种深切的悲哀与沉痛。志远也躺上了床，和弟弟一样，他也仰望着天花板上的那块水渍。很长一段时间，室内是静悄悄的，然后，志翔低声地、平静地问：

"高伯伯和忆华，都帮着你在瞒我，是吗？"

"是我要他们瞒你的。"

志翔轻叹了一声。"我像一个傻瓜！一个白痴！"

志远伸手关了灯。"不要再抱怨，志翔。命运待我们仍然不薄，它给了我一个你，给了你一个我，给了妈妈爸爸我们两个，命运仍然待我们不薄，志翔，别再埋怨了。睡吧，想办法睡一下，一早你还有课！"志翔的眼睛望着窗子，黎明早已染白了玻璃。他躺着，全心在体味着志远这几句话；命运待我们仍然不薄？因为我们有着彼此，而爸妈有着我们两个？越想就觉得越怆恻，越想就觉得自己的肩上，背负着好重好重的担子！他眼前浮起志远扛着石柱的样子，隐约中，觉得那石柱也压在自己肩上；罗马的石柱！凯斯多庙殿的石柱！撒脱诺庙的石柱！也是自己家园的石柱！哥哥的石柱！"我要扛起来，"他喃喃自语，"我要把它扛起来！不管是我的，还是哥哥的！"

这天晚上，他照常在高家吃晚餐，显然，高氏父女已经知道他所发现的事情，由于他的沉默，高氏父女也很沉默。饭后，忆华照例递给他一杯热咖啡，就在灯下架起熨衣服的架子，开始熨衣服，志翔注意到，那全是他们兄弟两个的衣服。

高祖荫往日总是在外屋工作，今晚，他却把工作箱放在室内，架起了灯，戴着老花眼镜，他在灯下缝制着皮鞋，那皮线从打好的孔中穿上穿下，他用力地拉紧线头，线穿过皮革，发出单调的响声。

"高伯伯，"他握着咖啡杯，沉吟地开了口。虽然大家都叫老人荷塞或是"高"，他却依然按中国习惯称他为高伯伯，"以后每天晚上，我来跟你学做皮鞋，好吗？"

老人透过老花眼镜，看了他一眼。

"志远像是我的儿子，"他答非所问地说，"这许多年来，我看着他奋斗，挣扎，跌倒。我想帮他，可是不知道如何帮起。在你来以前，有好长一段日子，志远不会笑，也没有生趣。然后，有一天，他兴高采烈地来找我们，又笑又跳地说，你要来了。这以后，他就是谈你，从早到晚地谈你，你寄来的每张画，他送到各学校去，找教授，申请入学许可。最后，帮你选了这家艺术学院，学费很贵，但是教授最欣赏你。等你来了，他和以前就完全变了一个人了，他重新有了生活的目的，有了信心，有了期望……"老人把一根线头用力拉紧，"他把所有的希望都放在你身上，要培养你成为一个艺术家，并不是要你成为一个鞋匠。"

志翔震动了一下，呆呆地望着老人。那白发萧萧的头，那被皮革染了色的手指，那熟练的动作。一个老鞋匠！那镜片后的眼睛里，有多少智慧，看过多少人生！

"高伯伯，"他慢吞吞地说，"你认识哥哥已经很久了，能不能告诉我，为什么他连学校都没读完？八年前，他离开台湾的时候，是公认的天才！"

老人低俯着头，一面工作，一面平平静静地，声音不高不低地，像在诉说一个古老的故事一般，慢慢地说：

"八年前，他确实是个天才！在音乐学院专攻声乐，在学校里，他就演过歌剧，当过主角。可是，听说你们家是借债送他留学的，他在上课之余，还要拼命工作，来寄钱给家里。事实上，留学生在国外都很苦，应付功课已经需要全力，一分心工作，就会失掉奖学金，要谋自己的学费，要寄钱回家，他工作得像一头牛。那时候，他身强体健，又要强好胜，每到假期，他常去做别人不肯做的工作，越是苦，赚钱越多。这样，在五年前，他几乎要毕业了，那年冬季，他志愿去山上工作。那年的雪特别大，他们在山上筑路，冒雪进行，山崩了，他被埋在雪里，挖出来的时候，他几乎半死，然后，他害上严重的肺炎和气管炎，休学了，在医院里躺了两个月！"志翔惊愕得睁大了眼睛。"我们一点也不知道！"

老人抬眼看看他，又继续埋头工作。

"留学生的习惯，报喜不报忧，他不肯告诉家里，也不肯找别人帮忙，那时候，只有我和忆华在照顾他。他身体还算结实，复原得很快，他的身体是好了，但是，他的嗓子完全坏了。"老人放下了针线，慢慢地抬起头来，望着志翔，"你听说过，嗓子坏了的人，还能学声乐吗？别说歌剧，他连一支普通的儿歌都唱不成！"

志翔咬咬牙，眩晕地把头转开，正好看到忆华在默默地熨着衣服，这时，有两滴水珠，悄然地从忆华眼里，坠落到那衣服上去，忆华迅速地用熨斗熨过去，只发出了一些轻微的"嗤"声，就不落痕迹地收拾掉了那两滴水珠。

"所以，志翔，"老人把皮革收好，站起身来，"你不用胡思乱想，不用找工作，也不用对志远抱歉，你所能做的，是去把书念好，去把画画好，等你有所成就的时候，志远也就得救了。"他走过来，把手温和地放在志翔手上，低低地再说了句："帮助他！志翔！他是个最好的孩子！而你所能帮助他的，就是努力读书，不是找工作！"

志翔和老人默然相对，耳边，只有忆华熨衣服的"嗤嗤"声响。

第七章

接下来的生活，是忙碌和奋斗堆积起来的。对志远来说，是发疯般的工作，加班再加班，在营造厂中，他从挑土到搬砖，从开卡车到扛石块，只要他能做的，他全做！歌剧院从十一月到三月，是一连串大型剧的演出，也是歌剧的旺季，他更忙了。忙于搭景，忙于整理剧院，忙于挂招牌……他永不休假，永不喘息，工作得像一头架着轭的牛。

对志翔来说，是疯狂地吞咽着知识，疯狂地学习，疯狂地绘画……当冬季的第一道寒流来临的时候，志翔已迷惑于雕塑，只有在欧洲，你才知道什么叫"雕塑"！他学习雕塑，观摩别人的作品，每个周末和星期天，他背着画架，到一个又一个郊外别墅，去绘下每个雕塑的特点，人像、神像、战士、马匹……绘满了几百几千张纸。家里，也开始堆满了塑像的原料，和他那些未完成的雕塑品。

志远深夜做完工回家，常看到客厅里堆满了各式各样的速写，和一个个雕塑的粗坯，而志翔则倦极地仰躺在地板上睡着了，手里还紧握着雕刻刀或是炭笔。每当这种时候，志远会站在那儿，对志翔怜惜地看上好几分钟，才轻轻地摇醒他，唤他去床上睡觉。

而志翔呢，每天清晨醒来，就会面对着哥哥那张熟睡的、憔悴的、消瘦的脸庞看上好久好久，然后悄悄地披衣下床，去烧上一壶咖啡，让它保温在那儿，再把面包放进烤面包器里，煮好两个连壳蛋，削好一盘苹果，都放在餐桌上，另外再留下一张纸条："哥哥，别忘了吃早餐！"

"哥哥，别工作得太苦！"

志翔下课回家，也常看到志远留下的纸条：

"明天周末，何不带忆华出去写生？"

"夜凉如水，可在忆华家烤烤火。"

"书呆子，用功之余，别忘了终身大事！"

忆华！志远总是念念不忘地撮合他和忆华，他却很难去告诉哥哥，他与忆华虽然越来越亲密，却绝没有志远所希望的那种感情。很奇怪，忆华细致而温存，安详而恬静，虽称不上天仙美女，也是楚楚动人的。但是，她就是无法燃起志翔心里的火苗。他也曾对志远坦白地谈过：

"哥哥，忆华是我的知己，我的朋友，我的妹妹，就是不能成为我的情侣！你别热心过度，好不好？何况我现在全心扑在学业上，根本也没情绪去交女朋友！"

"慢慢来吧！"志远却充满了信心，他又亲昵地去揉志翔的头发了，"你全心扑在学业上倒是真的，但是，不管你有情

47

绪交女朋友，还是没情绪交女朋友，当爱情真正来临的那一天，你会挡也挡不掉的！"

是吗？爱情会真的突然来临吗？爱情会从天而降吗？爱情是挡也挡不掉的吗？无论如何，这一天，在志翔的生命史上，却是个神奇的日子！这是个星期天，已经十二月了，天气很冷，阳光却很好。一早，志翔就到了布什丝别墅——也就是布什丝博物馆，这别墅位于布什丝公园里，因为有拿破仑妹妹布什丝裸像而闻名。志翔却不是为了这裸像而来，他是为了贝尼尼的另一件作品：《掳拐》。《掳拐》也是一件世界闻名的艺术品，全部用大理石雕塑而成。塑像本身是塑着一个强而有力的男人，肩上扛着一个惊恐万状的少女。关于《掳拐》，原有一个神话故事，可是，志翔对这神话故事并没有兴趣，他所惊愕眩惑的，只是那男人所表现的"力"，和那少女所表现的"柔"。把"力"与"柔"混合在一起，竟能产生如此惊人的美！他研究这雕塑品已经不止一朝一夕，每次看到它，就不能抑制胸中所沸腾的创作欲，和那份崇拜景仰之心。

这天，他就站在《掳拐》前面，拿着自己的速写册子，细心绘下那男人的手，那只手紧掐着少女的大腿，手指有力地陷在那"柔软"的肌肉里。"柔软"！你怎么能想象得到，以大理石的硬度，却能给你一份完全柔软的感觉！

十二月不是游览季节，布什丝别墅中游客稀少。志翔专心在自己的工作里，对于别的游客也漠不关心。可是，忽然间，他耳中传进了一声清脆的、像银铃般悦耳的、女性的声音，用标准的"汉语"在喊着：

"爸爸！妈！快来看这个！一个大力士抱着个好美好美的女孩子！"在异国听到中国话，已经使志翔精神一振，何况这声音如此清脆动人！他本能地抬起头来，顿时，他觉得眼前一亮，那《掳拐》旁边，已经多出了另一件活生生的艺术品！一对灵活的、黑亮的眸子，正从《掳拐》上移到他的脸上来，好奇地、大胆地、肆无忌惮地望着他。

这是一个少女，一个中国少女，很年轻，不会超过二十岁！穿着件白色狐皮短外衣，戴着顶白色狐皮小帽子，白色外套敞着扣子，里面是一色的橘红色洋装，橘红色的毛衣，橘红色的呢裙，橘红色的靴子，脖子上还系着一条橘红与白色参织的毛线长围巾。志翔对于"颜色"原就相当"敏感"，这身打扮已带给他一份好"鲜明"的感觉。再望着那年轻的脸庞，圆圆的脸，秀眉朗目，挺直的小鼻梁，下面是张小小的嘴。东方女孩，脸上一向缺乏"棱角"，却比西方女孩"柔美"。他以一个雕塑家的心情，在"打量"这女孩的面颊轮廓，和那称得上"明媚"的眸子。而那女孩，原是挺大方的，却在他"锐利"的注视下瑟缩了。她把头一扬，小帽子歪到一边，露出剪得短短的头发，她的身子侧开了。转向在一边看另一件雕刻品的中年夫妇——显然也是纯粹的中国人！"爸爸！妈！"那少女带着股调皮的神情，眼角仍然斜睨着他："这儿有一个'书呆子'一直对我瞪眼睛，八成是个日本人！我不喜欢小日本，咱们走吧！"

书呆子？小日本？前者说得很可笑，后者未免太可气！

志翔下巴一挺，冲口而出就是一句：

"小日本？我看你才是个小日本哩！"

那少女本来已经跑开了，听到这句话，她站定了，回过头来，她扬着眉毛瞪着他，气呼呼地说：

"你怎么可以骂我是小日本？我最恨小日本，你这是侮辱我！""那么，你说我是小日本，就不是侮辱了？"他顶了回去，也瞪着她。她睁大眼睛，嘴唇微张着，想说什么，却没说出来，接着，脸上绷紧的肌肉一松，她就天真地笑了起来。她这一笑，他也跟着笑了。"中国人吗？"她问。"当然哩！"他答。"你叫什么名字？"她问。

"陈志翔！""志气的志，吉祥如意的祥吗？"她摇摇头，颇不欣赏地，"俗里俗气！""你叫什么名字？"他不分辩，只是反问了一句。

"朱多丽！""很多美丽吗？还是英文的Dolly？"他也摇摇头，学她的样子，颇不欣赏地，"很多美丽是土里土气，英文名字就是洋里洋气！"她愤愤然地跺了一下脚。

"别胡扯！我的名字是朱丹荔，当红颜色讲的丹，荔枝的荔！""好名字！"他赞美道，"我的名字是志气的志，飞翔的翔！"

"这也不错！"她点点头，"你是留学生？从台湾来的？还是香港？""台湾。你呢？""瑞士。""瑞士？""我家住在瑞士，我爸是从香港移民到瑞士的。所以我有双重国籍，我们是来罗马度假的，这是我第一次来罗马！"

"丹荔！"那个中年绅士在叫了，"咱们走哩！看来看去都是石头雕像，实在没意思。"

朱丹荔对志翔悄悄地做了个鬼脸，压低声音说：

"他们没兴趣的东西，偏偏是我最有兴趣的东西！跟爸爸妈妈出来旅行，是天底下最扫兴的事情！树有什么好看？花有什么好看？博物馆有什么好看？雕像有什么好看？壁画有什么好看？最后，就坐在暖气十足的大餐馆里吃牛排！"

听她说得坦白而有趣，志翔就忍不住笑了起来。悄眼看了看那对父母，他低声问："你喜欢雕像？喷泉？怕不怕冷？"

"笑话！怕冷？""要不要我当你的向导？我对罗马每一寸的土地都好熟悉！""丹荔！"那个父亲又在叫了，"你在干什么？咱们走哩！"

朱丹荔犹豫了两秒钟，就很快地对志翔说：

"你等在这儿，别走开，我去办办交涉！"她跑到父母面前去了。志翔站在那儿，遥望着他们，丹荔指手画脚地，不知在对父母说些什么，那对父母缓缓地摇摇头。丹荔抓住了父亲的胳膊，一阵乱摇，又跺脚又甩头地闹了半天，那父母往志翔这边看看，终于无可奈何似的点头了。丹荔喜悦地笑着，一面往志翔这边跑，一面对父母挥手：

"拜拜，妈，我吃晚饭时一定会回酒店！"

那母亲扬着声音叮嘱了句：

"不要在室外待太久，小心受凉呵！"

"我知道！"那对父母走出了博物馆。丹荔长长地吐出一口气来。

"好不容易！""我看没什么困难！"志翔说，"你父母显然拿你根本没办法！"丹荔笑了。"这倒是真的！因为他们太爱我。每个儿女学会的第一件事，就是利用父母的爱来达到目的！"

志翔深深地看了丹荔一眼，他没有想到这个看起来稚气未除的女孩，竟会说出这样一句话。想必，她的内涵比她的外表要深沉得多。"你对你父母说些什么？"

"我说我碰到熟人哩！"她笑嘻嘻的。

"刚刚你还大声骂我是小日本，又说是熟人，岂不是自我矛盾？""我说我看错哩！""你父母相信吗？""当然不相信哩！他们又不是傻瓜！"她笑得更甜了，"他们不过是假装相信罢哩！"

"他们知道你撒谎，还让你跟我一起玩吗？不怕我是坏人，把你拐跑？""拐跑？你试试看！"她扬扬眉，睁大眼睛，满脸的俏皮相，浑身都绽放着青春的气息。"我爸爸和妈妈都很开明，他们知道把我管得越紧越不好。何况，我跟爸爸说，如果他不让我跟你一起去玩，他就得陪我去逛博物馆，包括圣彼得博物馆、圣保罗博物馆、圣玛丽亚博物馆、圣方达博物馆、马丁路德博物馆……他一听头都炸了，慌忙说：你去吧去吧！让那个呆子陪你去逛这些博物馆吧！"

志翔怔了怔。"嗨！"他说，"你说的这些博物馆，我可一个也不知道！"

"你当然不知道哩！"丹荔咧着嘴，她的牙齿又细又白又整齐，"这都是我顺着嘴胡诌出来的，反正我念得稀里呼噜，来得个快，他也弄不清楚！"

"你……"志翔惊奇而又愕然地望着她，然后，就忍不住大笑了起来，丹荔也跟着笑，她的笑声像银铃般清脆。在博物馆里，这样笑可实在有点不礼貌，但是，志翔又实在熬不住，就一面笑，一面拉着丹荔的手，跑出了博物馆，站在博物馆外的台阶上，他们笑了个前俯后仰。

笑完了，志翔望着丹荔。自从来罗马之后，他似乎从没有这样放怀一笑过。丹荔那对灵敏的眼珠在他面前闪动，围巾在迎面而来的寒风中飘荡，她那年轻的面庞，映着阳光，显得红润而光洁。志翔有些迷惑了。

"你预备在罗马住多久？"

"一个星期！""今天是第几天？""第二天！""还有六天？""唔！""看过《罗马假日》那个电影吗？"

"我不是公主！"她笑着，"你也不是记者！"

一辆马车缓缓地驶到他们的面前，那意大利车夫用不熟练的英语招呼他们，问他们要不要坐马车环游布什丝公园？丹荔立即兴奋了，毫无考虑地就往马车上跳，志翔一把拉住她，问那车夫："多少钱？""三千里拉！"这是敲竹杠！志翔心里明白，他口袋里一共只有六千里拉，还是早上志远硬塞给他的："晚上请忆华去看场电影，别老是待在家里清谈！"他想讲价，可是，丹荔用困惑的眼光望着他。他那男性的自尊封住了他的口，他拉着丹荔跳上了车子。车夫一拉马缰，马蹄嘚嘚，清脆地敲在那石板路上，像一支乐曲。丹荔愉快地笑着，那爽朗天真的笑声，像另一支乐曲。志翔抛开了心中那微微的犯罪感，一心一意地陶醉在这两支乐曲声中了。

第八章

　　忽然间，罗马的黄昏与落日，变得出奇地美丽。忽然间，罗马的夜晚，充满了缤纷的色彩。忽然间，连那冬季的寒风，都充满了温馨。忽然间，连那路边的枯树，都绽放着生命的光辉。志翔感到自己内心深处，有一种沉睡了二十四年的感情，在一刹那间觉醒了、复苏了。

　　一连几日，在下课以后，他都和丹荔在一起。虽然丹荔像一块强而有力的磁铁般吸引他，他却不肯为她放弃自己的功课，因而，他们是名副其实地在享受罗马的黄昏与落日、夜色与星光。丹荔是活泼的，是快乐的，是无忧无虑的，她脸上永远带着笑，每晚有几百个稀奇古怪的主意来玩。她爱穿红色的衣服，鲜艳得一如她的名字，丹荔，因而，志翔对她说：

　　"你那么艳，又那么娇小，我要叫你小荔子。"

　　"小荔子？"她微侧着头，月光涂在她的颊上，闪亮在她的眼睛里，"从来没有人叫我小荔子，我喜欢它！"她喜悦地对他笑着，"那么，我叫你小翔子！"

"很好！"他盯着她，"这是我们之间的专门称呼吗？小荔子？""只要你高兴，小翔子！"

"那么，告诉我，你今晚想去干什么？"

"我不知道，我还没有想出来！"

他们走在罗马的大街上，这是冬天，罗马的冬季好冷好冷，街上几乎没有什么行人。丹荔穿着件毛茸茸的红大衣。戴着顶白色的毛线帽子，围着白色的长围巾。她娇小玲珑，活泼风趣。她伸手去抓住他的手。

"你的手好冷，"她说，"你穿得太少了。"

"不，我一点都不冷。"他回答，"和你在一起，我根本不觉得现在是冬天。""你的嘴巴太甜，这样的男人最可怕！"

"在遇到你以前，我是有名的笨嘴笨舌！"

"别骗人，我不会相信！"她侧头研究他，"你为什么来罗马读书？大部分留学生都去美国。"

"要学艺术，只有到欧洲，何况，我哥哥在这儿。"

"你的哥哥在做什么？"

"他……"志翔沉吟着，半晌，才轻声说，"他在歌剧院工作。""歌剧院？"她惊呼，兴奋得跳了起来，一把握住了他的手，"我们去歌剧院。我从来没去过歌剧院！"

"不！"他站住了，脸上变了颜色，"不要！我不去！我不想去！"她凝视他，研究着他的神色。

"为什么？""不为什么，"他掩饰着，相当懊恼，"为什么要去那种地方呢？歌剧都是又沉闷又冗长的玩意儿，而且，我们根本听不懂他们在唱什么。而且……"他咬咬牙。"老实说，我很穷，我请不起你。"她上上下下地看他。"不去就不去好哩！"她说，"干吗又穷啊富啊的！你如果真穷，你就不会来罗马，更不可能念这种贵族学校。"

他怔了怔，欢愉从他的身上悄悄溜走。

"丹荔，"他望着脚下的石板路，"你们为什么要移民瑞士？你父亲很有钱，是不是？其实，我问得很傻，你家一定很富有，因为你从没穿过重复的衣服。"

"我爸爸是个银行家，他被聘来当一家大银行的经理。至于移民吗，爸爸说，全世界没有一个安全的地方，除了瑞士！我老爸又爱钱又爱命！哈！"她笑着，"说实话，所有的人都又爱钱又爱命，只是不肯承认，这世界上多的是自命清高的伪君子！我爸说，他只有我这一个女儿，不愿意我待在香港。"

"为什么？""香港人的地位很特殊……"

"怎么讲？""这些年来，香港一直受英国政府管辖，我们拿的是香港身份证。"她抬了抬下巴，"爸爸是北京人，早年还在剑桥留学过，大陆解放，我们到了香港……你知道，香港人都说广东话，只有我跟着爸爸妈妈说汉语，我们很难和香港人完全打成一片，再加上，香港历年来，又乱又不安定，而且那是个大商港，不是一个住家的地方，也不是个生活的地方，最后，爸爸决定来瑞士，我们来了，我就成了瑞士人。""瑞士人？"他凝视她，"你是个百分之百的中国人！"

"是的，可是，我拿香港身份证和瑞士护照，爸爸说，我们这一代的悲哀，是只能寄人篱下！"

"你爸爸太崇洋，什么叫寄人篱下？为什么你们不去台湾？而要来瑞士？"他忽然激动了起来，"你从香港来，带着一身的欧化打扮！你知道吗？我认识一个老鞋匠的女儿，她是出生在欧洲的，可是，她比你中国化！"

"哈！"丹荔挑着眉毛，"看样子，你很讨厌我的欧洲化！"

"不，我并不是讨厌，"他解释着，"事实上，你的打扮又漂亮又出色，我只是反对你父亲的态度……"

"算了！算了！"她迅速地打断他，"我们不讨论我爸爸好吗？在这样的月光下，这样的城市里，去谈我的老爸，岂不是大煞风景！"她抬头看了看天空，这大约是旧历的十五六，月亮又圆又大，月光涂在那些雕像、钟楼、教堂和纪念碑上，把整个罗马渲染得像一幅画。"哦，小翔子，"她喊，"你猜我想干什么？""我不知道！""我想骑一匹马，在这月光下飞驰过去！"

志翔望着她，她的眼睛里闪着光彩，月光染在她的面颊上，她的面颊也发着光，她周身都是活力，满脸都是兴奋，志翔不由自主地受她感染了。

"我可不知道什么地方，可以找到马来给你骑啊！"

"如果找得到，你会帮我找吗？"她问，好奇地、深刻地看进他眼睛里去。"我会的！"他由衷地说。"只要我高兴做的事，你都会带我去做吗？"

"事实就是如此！"他说，"这几天，我不是一直在带你做你高兴的事吗？"她歪着头想了想。"是的。可是，你肯为我请两天假，不去上课吗？"

他沉思了一下，摇摇头。

"这不行！""为什么？""上课对我很重要，"他慎重地、深思地说，"我的前途，不只关系我一个人。我很难对你解释，小荔子，我想，即使我解释，你也很难了解。将来，如果我们有缘分做长久的朋友，或者有一天，你会明白的！"

"将来吗？"丹荔酸酸地说，"谁晓得将来的事呢？再过两天我就走了！而且，"她耸耸肩，"你怎么知道我要你做我长久的朋友呢？"他怔了怔。"我是不知道。"他说。

"那么，明天请假陪我！"她要求他，"我知道一个地方很好玩，可以当天去当天回来，我们去开普利岛！"

他摇摇头。"去庞贝古城？"他再摇摇头。"去拿坡里？"他还是摇头。"你……"她生气地一跺脚。"你这个书呆子，画呆子，雕刻呆子！你连人生都不会享受！"

"我不是不会，"他有些沉重地、伤感地说，"我是没资格！"

她站住了，扶住他的手腕，她仔细地打量他的脸。

"你真的很穷吗？"她问。

"那也不一定。"他说。

"我不懂。穷就穷，不穷就不穷，什么叫不一定？"

"在金钱上，我或者很穷，"他深沉地说，想着志远、高祖荫、忆华，和自己的艺术生命，"可是，在思想、人格、感情、才气上，我都很富有！"

"哦!"她眩惑地望着他,"你倒是很有自信呀!"

他不语,他的眼神相当坚定地望着她,她更眩惑了。

一阵马蹄声由远处缓缓地驰来。嘚儿嘚儿的,很有韵律的,敲碎了那寂静的夜。丹荔迅速地回过身子,一眼看到一辆空马车,正慢慢地往这边走来。那车夫手持着鞭子,坐在驾驶座上打盹。丹荔兴奋地叫了起来:

"马来了!""别胡闹!"志翔说,"那车夫不会把马交给你的,而且,驾车的马也不一定能骑!"

"那么,我就去驾一驾车子!"

她奔向那马车,志翔叫着:

"小荔子,你疯了!""我生来就有一点儿疯的!"她喊着,跑近那马车。车夫被惊醒了,勒住了马,他愕然地望着丹荔。丹荔不知对他说了些什么,那车夫缓缓地摇头,丹荔从口袋里取出一大把钞票,塞进那车夫的手里。车夫呆了呆,对着手里的钞票出神,然后,他们彼此商量了一下,那车夫就把马鞭交给了她,自己坐到后面去遥控着马缰。

"唷呵!"丹荔喊,跃上了驾驶座,拉住马缰,她神采飞扬地转头望着志翔。"我是罗马之神!我是女王!我是天使!"她一挥鞭子,马放开蹄子,往前奔去。她控着马缰,笑着,高扬着头,风吹走了她的帽子,她不管,继续奔驰着,月光洒在她身上,洒在马身上,洒在那辆马车上,一切美极了,像梦,像画,像一首绝美的诗!她在街头跑了一圈,绕回来,跳下马车,她把马缰交还给那迷惑的车夫。

车夫爬回了驾驶座,回头对志翔说:

"先生，你的爱人像个月光女神！"

月光女神！他第一次听到这名称，带着种感动的情绪，他望着那激动得满脸发红的丹荔。丹荔还在喘气，眼珠黑幽幽地闪着光芒，含笑地望着他。

"知道吗？小荔子？你真有一点疯狂！"

"我知道。"她轻语，仍然含着笑，攀着他的手臂，笑眯眯地仰视着他。他不由自主地抬起手来，托着那尖尖的小下巴。

"知道吗？"他的声音沙哑，"你好美好美！"

她笑得更加醉人了。"那么，陪我去开普利岛吗？"

他费力地和自己挣扎。

"哦，不行，除非你多留几天，留到圣诞节，我有假期的时候。""你不能为我请两天假，却要我为你留下来吗？"她仍然在笑。"是的。"她脸上的笑容像变魔术一样，倏然间消失无踪。

"你以为你是亚兰德伦，还是克林·伊斯威特？"她转身就向街上奔去。"小荔子！"他喊。"你最好想清楚，"丹荔边说边走，"不要把自己的价值估得太高了！"她伸手叫住一辆出租车。

"小荔子！"他追在后面喊，"明天中午在老地方见！"

她回过头来，又嫣然一笑。

"看我高不高兴来！"她钻进车子，绝尘而去。

第九章

太阳从视窗斜斜地射了进来。

志远在床上翻了一个身，夜来的疲倦仍然紧压在他的肩上、背上、手臂上，他浑身酸痛而四肢脱力。或者，最近他是工作得太苦了，他模糊地想着，可是，志翔下学期的学费还要缴，家里还得寄点钱去……这两天志翔用钱比较多，可能他已经对忆华展开攻势了，男孩子一恋爱就要花钱。他必须再多赚一点，最好是早上也去加班……他的思想被客厅里一些轻微的音响打断了。睁开眼睛，他侧耳倾听，有人在客厅里悄然走动，那声音是相当熟悉的。他看看手表，上午十一点，也该起床了。

翻身下床，他伸了个懒腰，拿起椅背上的毛衣，一面往头上套去，一面走进客厅。

"忆华，是你吗？"忆华正在轻手轻脚地擦拭着桌椅，收拾屋里散乱的衣服、杂志，和那一张张的速写。听到志远的声音，她迅速地站直了身子，面对着志远，歉然地说：

"是不是我把你吵醒了？"

"谁说的？是我自己醒了！"他深深地看了忆华一眼，她还是那样文文静静的、安安详详的。他竟看不出她感情上有任何变化。他走向盥洗室，梳洗过后，他走出来，发现忆华正对着志翔的一沓画稿在发愣。有进展！他想，如果忆华能对志翔的画稿感兴趣，表示她对他已经越来越关心了。他欣慰地点点头，试探地问："怎样？他画得不错吧？"

"好极！"忆华由衷地、赞叹地说，"他实在是个天才！难怪你总是夸他！""我知道你会欣赏他的！"志远说，神秘地笑着，"怎样？忆华？有事可不许瞒我！"

"瞒你？"忆华惊愕地抬起头来，"我会有什么事要瞒你呢？从小，我在你面前就没有秘密。"

"是吗？"志远凝视着她。

她在他那专注的凝视下瑟缩了一下，忽然间，脸就微微地涨红了。她逃避什么似的把眼光转开去，放下志翔的画稿，她抱起椅子上的脏衣服，轻声说：

"我做了几个你爱吃的菜，有红烧狮子头，你来吧，已经快吃午饭了，爸爸在家里等呢！"

"怎么？"志远仔细地打量她，"这顿饭有什么特殊意义吗？""你是怎么了，志远？"忆华微蹙了一下眉头，"到我家吃饭，还需要有特殊意义吗？你瞧你，最近又瘦了，吃点好的，补一补身子。""红烧狮子头？"志远咂了一下嘴，不胜馋涎地，"难得你有兴致去做这种费时间的菜，不过，"他犹疑了一下，"为什么不留着晚上吃呢？""晚上吃？"忆华怔了怔。

"志翔已经好久没吃过狮子头了！"志远沉吟着，"我看，还是留到晚上给志翔吃吧，咱们随便吃点什么就好了！我就是吃面包三明治，也可以过日子的，志翔到底出来时间短，吃不惯意大利东西！"忆华抱着衣服，呆住了。好半天，她才愣愣地望着志远，幽幽地、慢慢地、轻声轻气地说：

"志远，你心里永远只有志翔一个人吗？"

"当然不止。"志远说，走过去，用手挽住她的肩，"还有你！"她微颤了一下。"有我吗？"她轻哼着。

"是的，你和志翔。"志远恳切地说，俯头看她，终于低声问，"你们已经很不错了，是不是？告诉我，这两天晚上，你们去哪儿玩了？"她的脸色变白了，抬起头来，她的眼珠黑蒙蒙地盯着他，一眨也不眨地。半晌，她才静静地说：

"我已经好几天没见到志翔了，这些晚上，他都没来吃饭。你既然只想吃面包三明治，那么，狮子头也不劳你费心，我和爸爸会吃的！""什么？"志远皱起了眉，吃了一惊，"他这些日子没和你在一起吗？""志远！"忆华叹了口气，"他为什么应该和我在一起呢？好了，你既然不和我一起走，我回去了！"她向门口走去。

志远回过神来，一把拉住忆华。"别忙！等我！我拿件大衣！"他去卧室拿了大衣，一面走出来，一面还在思索。"奇怪，他这几天神神秘秘的，又总是心不在焉，我还以为他和你……和你在一起！"

"或者是……"忆华拿起那沓画稿最上面的一张，递给志远说，"和这位小姐在一起！"

志远接过那张画稿，狐疑地看过去。那是一张炭笔的速写，画面上，是个短发的少女，穿着件毛茸茸的外套，脸上带着又俏皮又活泼又天真的笑容，坐在一辆马车的驾驶座上，手里挥舞着一条马鞭。那神态潇洒极了，漂亮极了。虽然是张速写，却画得细致而传神，那少女眼波欲流，巧笑嫣然，而顾盼神飞。志远紧握着那张画稿，看呆了。半晌才说：

"你别多心，这大概是学校雇的模特儿！"

"我才不多心呢！"忆华摇摇头，"我干吗要多心呢？只是，我知道，模特儿不会坐在马车上，而且，在罗马，要找东方女孩当模特儿，恐怕不那么容易吧！"她拉住志远的胳膊，"你到底要不要吃狮子头呢？"

志远怔怔地发着呆，终于机械化地跟她走出去了。一面走，嘴里还一面念念有词地叽咕着：

"奇怪！这事还真有点奇怪！"

同一时间，志翔和丹荔正坐在维尼多街的路边咖啡座上，啜着咖啡，吃着热狗和意大利饼，志翔有些心不在焉，丹荔却仍然神采飞扬。她那密密的长睫毛，忽而垂下，忽而扬起，眼珠机灵地转动着，悄然地从睫毛后面窥探他。她手上拿着个小银匙，不停地在咖啡杯中乱搅。由于天气冷，咖啡座上冷冷清清，街上的行人也冷冷清清。"小荔子，"志翔轻叹了一声，"真的明天就回瑞士吗？可不可能再延几天？"丹荔扬起睫毛，眼光闪闪地望着他。

"你真希望我多留几天吗？"

志翔再叹了口气，仰靠在椅子上，双手捧着咖啡杯，用它来取得一些暖意。他嘴里吹出的热气，在空气中凝成一团白雾。他望了望天空，望了望人烟稀少的街头，望了望路边的老树，心里模糊地想着志远：志远的憔悴，志远的期望，志远的工作……他做得那么苦，辛勤工作的钱，并不是用来给弟弟挥霍的。志翔啜了一口咖啡，好快，那咖啡已经冷了。他忽然领悟了一件事情，穷学生，是连交女朋友都没有资格的！尤其是像丹荔这种出身豪富，从不知人间忧苦的女孩！

"算了，你回去也好！"他喃喃地说。

丹荔盯着他。"你知道吗？小翔子？你这人真别扭透顶！"

"怎么？""我和你玩了一个星期，你一下子开心得像个孩子，一下子又忧愁得像个老人！我从没见过像你这样矛盾而善变的人！"他苦笑了一下。"现在你见到了！""见到了！是见到了！"丹荔用小银匙敲着咖啡杯，"而且，你还很骄傲，很自以为了不起！"

"我是吗？"他忧愁地问。

"你是的！"她大声说，"你对我很小心……""小心？""小心地保持距离！"丹荔坦率地叫。"你生怕我会俘虏你！"她眯起眼睛看他。"你怕我，是不是？"她的语气里带点挑衅的意味。"其实，你不必怕我！"她笑了，又恢复了她一贯的调皮，"我并不想俘虏你！"

他凝视她，微笑了一下，默然不语。

"让我坦白告诉你，"她继续说，"在瑞士，我有很多男朋友,中国人、外国人都有,他们甘愿为我做牛做马,我对交朋友,是相当随便的!我从不对男孩子认真,这也是我父母放心我和你玩的原因之一,他们知道我没有常性,知道我很洒脱,也知道我有些玩世不恭。所以,小翔子,"她扬着眉毛,好心好意地说,"你还是不要留我,我们萍水相逢,玩得很愉快,明天我回瑞士,后天我可能就不再记得你了,你懂吗?"志翔深深地望着她,仍然沉默着。

"你为什么不说话?""我还有什么话好说?你已经警告了我,我也虚心领教了。你明天就回去,后天就把我忘记……"他再望望天空,忽然下决心地站起来,"很好,这样最好!"他把钱放在桌上,"我该去上课了,再见,丹荔!"

"慢着!"丹荔直跳了起来,"你还要去上课吗?今天是我留在罗马的最后一天,你都不愿意陪陪我吗?"

"你知道我把上课看得多严重!"

"比我严重?"她生气地问。

志翔沉思了片刻。许许多多横亘在他面前的问题,在这一瞬间都浮出来了。"你只是我萍水相逢的一个女孩子,我们有一个不坏的罗马假期,明天你走了,后天我也把你忘了……"他说,抬起头来,故作轻松地盯着她,"小荔子,你用'严重'两个字,是不是太'严重'了?我们之间,本来就没有什么,是不是?"

丹荔紧紧地盯着他,她的眼睛瞪得又圆又大,里面燃烧着怒火,好半响,她才狠狠地跺了一下脚,把围巾重重地甩向脑后,大声说:"去上你的鬼课去!你这个自以为了不起的傻瓜蛋！我走了！这辈子你再也看不到我了！"

她转过身子，头也不回地朝寒风瑟瑟的街头冲去。志翔呆站在那儿，目送她的影子消失在街角的转弯之处。他长叹了一声，抱着书本，向学校的方向走去。内心深处，有一根纤维在那儿抽动着，抽得他隐隐作痛。为什么要说这些话？为什么？小荔子！他心里喃喃地低唤着：我们像两只各有保护色的昆虫，谁也不愿意把自己的真颜色示以对方！噢，小荔子！如果不是在异国，如果自己不是身负重任，如果那罗马及家园的石柱不压在自己的肩上，也不压在志远的肩上……如果，如果，如果！如果不是因为这些"如果"，我不会放掉你！坐在教室中，志翔再也听不见教授在说些什么，他眼前浮动的，只是丹荔的那张脸，丹荔的谈笑风生，丹荔的神采飞扬，丹荔的笑语如珠，丹荔的天真任性……一星期以来，和丹荔在一起的点点滴滴，全回到他的面前。博物馆中的相遇，布什丝公园中的驰骋，废墟里的流连，竞技场中的奔跑追逐。丹荔永远有那么多的花样，她可以爬到废墟里那著名的庙殿石柱上去坐着，也可以在那广大的半圆形竞技场中引吭高歌。他永不可能忘记，她站在那竞技场的弧形拱门下，大声地唱："蓝蓝的天，白白的云，蓝天白云好时光……"

她的歌声在竞技场中回响，她唱，她歌，她笑。笑开了天，笑开了地，笑活了半倾圮的竞技场。

这一切都过去了？这一切只是一段罗马奇遇？只是一阵旋风？只是一个小小的、易醒的梦？志翔叹了口气，是的，她会很快地忘记他，他相信这一点，她生来就是那种潇洒的性格，她决不会为了一星期的相聚就念念不忘！何况——他们之间并没有发生过什么。可是，如果自己真要抓住这一切，它会从他指缝中溜掉吗？他凝视着教授，眼里看到的不是教授，而是志远——扛着大石柱，佝偻着背脊，蹒跚着在后台行走的志远。前台，有歌声，有掌声；后台，有布景，有石柱，有佝偻着背脊的哥哥！他甩甩头，甩掉了丹荔，甩掉了妄想，甩掉了笑语和歌声，也甩掉了欢乐与渴求。甩不掉的，却是心里那份深刻的悲哀与椎心的痛楚。

第十章

圣诞节过后不久，春天就来了。

这晚，志远提前下了班，回到家里。

必须和志翔谈一谈，必须知道他在忙些什么，必须了解一下他的感情生活！他最近有点奇怪、有点神秘、有点消沉。万一他迷上了一个不三不四的女孩子，很可能自己所有的安排皆成泡影！在欧洲，多的是声色场所，要堕落，比什么都容易！当然，志翔不至于那样糊涂，但，兄弟两个，未免有太久时间，没有好好地谈一谈了。

回到危楼前面，看到视窗的灯光，他就知道志翔已经回来了，看看手表，才晚上九点钟，那么，他并没有流连在外，深宵忘返了。他心里已经涌上了一股安慰的情绪，与这安慰的情绪同时并存的，还有一种自责的情绪！你怎么可以这样去怀疑志翔！你甚至想到"堕落"两个字！你这样不信任你自己的弟弟！那个优秀的、奋发的年轻人！那个"自己的影子"！三步两步地跳上楼，打开房门，他就一眼看到志翔，站在餐桌前面，专心一致地、忙碌地在雕塑着一个少女头像！听到门响，他抬起头来，惊愕地看着志远，怀疑地、不安地问："怎么了？哥？你提前回家吗？没有不舒服吗？昨天夜里，我听到你有些咳嗽。""哦，没有的事，我好得很！"志远心中一高兴，脸上就自然而然地涌上了一个愉快而欣慰的笑容，"我心血来潮，想偷几小时懒，就提前下班了。"他望着桌上的头像。"我看你近来对雕塑的兴趣，越来越浓厚了！"

"是的，我的教授说，我对雕塑有特殊的领悟力。"

"是吗？"志远高兴得眼睛发亮，"显然你的教授很欣赏你。""我想是的，"志翔微笑一下，"他说，照我这样进展，两年就可以毕业！""毕业？"志远的眼睛更亮了，他喘了口气，"你的意思是说，两年你就可以修完全部的学分？拿到学位？"

"有此可能。"志翔望着桌上做了一半的头像，"不过，艺术是学无止境的，作品的好坏也见仁见智，怎么样算成功，是很难下定论的，我一直觉得我自己的作品里，缺乏一样很重要的东西！""缺乏什么？"志远在桌边坐下来，凝视那头像，这头像刚从黏土翻过来，只是个粗坯，看得出是个少女——一个相当动人的少女。但，未完成的作品，总是只有个模型而已。"我看不出你缺乏什么。""缺乏……"志翔望着那头像，忽然丢下手里的雕刻刀，跌坐在桌边的椅子里，他用手支住头，"缺乏生命，缺乏感情，缺乏力的表现！"他苦恼地抬起头来。"当你的作品进步到某一个阶段以后，你会发现它不再进步了，这就成了你的痛苦！"

志远怜惜地把手放在志翔肩上。

"你操之过急了！志翔！你过分逼迫你自己！让我告诉你，你该怎么做，你应该轻松一下，度度假，旅旅行，交交女朋友！"说到最后一句，他沉吟了一下，"志翔，你最近的烦恼，只为了不能进步吗？"志翔皱了皱眉："哥，你是什么意思？"

志远走开去，倒了两杯咖啡，一杯递给弟弟，一杯自己拿着，他也在餐桌前坐了下来，他深深地、仔细地凝视志翔。志翔的面容憔悴，眼色愁苦。这使他心里一阵难受，看样子，他忽略了志翔！从什么时候起，他变得这么沉重，这么消瘦？

"你有心事，志翔，"他盯着他，想着在圣诞节以前，曾发现的那张速写，他再望向桌上的头像，怎样也无法把头像和速写联想到一起，这似乎是很难比照的，"你瞒不了我，志翔。"他搜寻着他的眼睛，"告诉我，你在烦恼些什么？为了忆华吗？""不！不。"他连声说，拼命地摇头，"完全不是！"

"那么，是为了另一个女孩子了？那个会驾马车的女孩？"

志翔迅速地抬起头来，脸色变白了。他紧紧地注视着志远，哑声说："你怎么知道有这样一个女孩？"

"那么，确实有这样一个女孩了？"志远反问，更深切地望着他，"是的，有这样一个女孩！"志翔砰然一声拉开椅子，站起身来，在室内兜着圈子，兜了半天，他绕回到桌子边去，站定了。"哥，谁告诉你的？"

"是你自己。""我自己？""你的一张速写。"志远喝了一口咖啡，笑容从唇边隐去。"志翔，她是怎样的一个女孩子？中国人吗？"

"可以说是中国人，也可以说不是。"

"什么意思？""在血统上，是百分之百的中国人；在国籍上，不是中国人！"砰然一声，这次，是志远撞开桌子，直跳了起来。他推开了咖啡杯，在桌上重重地捶了一拳，那杯子被震得一跳，咖啡溢出了杯子，流到桌面上。志远走过，一把握住了志翔的手腕，捏得他发痛，他大声地说：

"我没有权力干涉你交女朋友，你要讨洋老婆，也是你的事！你不喜欢我帮你安排的女孩子，我也无可奈何！可是，如果你去交一个外国籍的中国女孩，我反对！我坚决反对！你说我保守也罢，你说我古怪也罢，你说我想不开也罢，我还重视我们的国籍！我知道我自己是从什么地方来的，我还要回到那儿去！你呢，"他加重语气地说，"你也一样！别忘了我们的家，我们的血统！忆华出生在意大利，可是，她的国籍是什么，你知道吗？她是中国人！高自始至终，没有放弃我们的国籍！这就是我佩服他们父女的地方！"

志翔挣开了志远的掌握，忧郁地、苦恼地、沉闷地、失神落魄地说："你何必这么激动！管她是哪一国人，反正，这已经是过去式了！""过去式？"志远愣了愣。

"是的，过去了！"志翔用手触摸着桌上的雕像，"根本就是个没有发展的故事！哥，"他低下头，抑郁地说，"请你不要再提这件事，我告诉你，这女孩早就走了，不在罗马，不在意大利了！你可以放心了吧？"

志远愕然地看着志翔，志翔那么烦躁忧愁，使他困扰了。片刻之后，他又矛盾地，代志翔不平起来了，怎么，像志翔这样的男孩子，那女孩难道抛开了他？玩弄了他？看不上他？

"嗨，志翔，是她没眼光，还是你不要她？"

"哥哥！"志翔懊恼地，几乎是愤怒地抬起头来，忍无可忍地叫，"我们能不能停止谈这件事？我告诉你，那是一个还没开始就已经结束了的事情，我们到此为止好不好？你为什么一定要提？为什么？""好好好！"志远息事宁人地抬起手来，"咱们不谈，不谈，不谈！好了吧？"他燃起一支烟，靠进沙发中，悄悄注视着志翔，自言自语地说："我们都累了！都太累了！找一个时间，我们应该出去散散心！"志翔顿时泄了气，闭上眼睛，他觉得脑子里一片凌乱。自己凭什么对志远又吼又叫？那个为了他的学费，在做着苦力的哥哥！那个任劳任怨，从不叫苦的哥哥！他想说什么，可是，喉咙像被一只无形的手捏住了，他发不出声音。

"志翔，"志远竭力让声音显得轻快，安抚地、几乎是抱歉地说，"不要烦啦！算你老哥多管闲事，好吧？我跟你说，再过几个月，你就放暑假了。等你放假之后，我也请一个星期的假，我们约了高家父女，一起去威尼斯玩他一星期！威尼斯！哈，志翔，包你会喜欢那个地方！世界著名的水上城市！"志翔回过头来，他的脸涨红了，眼眶发热，他冲到沙发旁边，在志远身旁坐了下来，激动地、沙哑地说：

"不！哥哥，放暑假之后，你去度假，我要找一份工作，我不能这样过日子，我不能让你做事养活我！我也是男人，我也有体力，我也能做你所做的事情！"

"别傻，志翔！"志远笑着，若无其事地说，"你唯一需要做的事，就是把你的书念好，把你的雕塑学好！至于赚钱和工作，那是你老哥的事……"

一阵敲门声，打断了志远的话，兄弟两个愕然地对视了一眼，志翔说："是谁？这么晚了！"打开门，忆华正笑吟吟地站在门口，一看到志远，她的眼睛闪亮了。"志远，你今天提前下班了！"她说，手里托着个盘子，走进来。盘子里，是一盘热腾腾的包子。"爸爸说想吃包子，我晚上就蒸了一笼，想想你们兄弟两个，一个总是开夜车雕塑，一个又上夜班，就送一盘来给你们消夜。有甜的有咸的，不知道你们吃得来吃不来？"

可真巧！志远心想，难道你有神机妙算，知道我今晚会提前回家？所以给我们兄弟两个送包子？还是专为了一个人来？看样子，自己的"提前回家"实在有些不智。想到这儿，再悄悄地看看志翔，怪不得他今晚火气这么大呢！他慌忙跳了起来："哈！你们聊聊！你们聊聊！我那边的工作还没完呢！我看，我还是赶工去吧！"他往门口跑去。

"哥哥！"志翔一下子拦在他前面，啼笑皆非地嚷，"你是什么意思嘛！"忆华的脸色微微地变了变，走过去，她把包子放在餐桌上，静静地说："志远，你以为我不知道你回来了吗？你那辆老爷车，像开坦克一样从我家门口经过。几年了，你这辆破车的声音，我在几里路外都可以分辨出来。你每天上班下班，我只要听车声就知道了！"哦，志翔看看志远，看样子，自己的存在才有些多余呢，人家可是听到车声来送包子的。志翔走过去，拿起一个包子，一面咬了一口，一面往屋外走：

"你们谈一谈，我出去散散步！"

"喂！志翔！"志远又拦住了志翔，"忆华好意给我们送包子来，你不坐下好好吃，散什么步？"

志翔无可奈何地在餐桌前坐了下来，闷着头吃包子。

忆华红了脸，对他们兄弟两个看了看，轻声说：

"大概你们兄弟有正经事要谈，我看，还是我走吧！反正，我也没事，只是送包子来！"

志远一把拉住了忆华的衣袖。

"你敢走？"他笑着说，"坐下来，陪我们谈谈！我们正在谈你呢！""谈我？"忆华好奇地站住了。"谈我什么？""我在对志翔说，等他放了暑假，我们兄弟两个，要约你们父女去威尼斯玩！""真的？"忆华的眼睛睁得大大的，脸发着光，"不是骗我吗？你可以休假吗？""请一个礼拜假，不会丢掉饭碗的！"

"我不去！"志翔坚定地说，"忆华，你跟哥哥去玩，我暑假要去打工！""志翔！"志远不耐烦地说，"我告诉过你了，赚钱是你老哥的事，你不信任我的赚钱能力是不是？你以为我养不活你是不是？""我知道你需要休息！"志翔也抬高了声音，"暑假有三个月，正好我做工，你休息！"

"我不要休息！"志远叫，"真正需要休息的是你，你太用功了，这半年多来，你拼命拼够了……"

"最好我们不要辩论！"志翔打断了志远，"离暑假还有好几个月呢，我们这时候来争论这问题，是不是太早了？"

"要早做决定，我才能安排休假呀！"志远说，"反正一句话，你跟我们去威尼斯，然后，你和忆华可以去佛罗伦萨、米兰、热那亚等地玩一圈回来……"

"我不去！"志翔斩钉截铁地说，"我要去打工！"

"打工！打工！"志远火了，对着他叫，"你连意大利话都没学好，你能打什么工？我老实告诉你，你一个工作也找不着！""最起码，我可以做你的工作！"志翔也火了。"我比你年轻，比你有力气，比你能做重活！""你发疯了！你要去做我的工作！"志远气得脖子都红了。"你是一个艺术家！你有一双拿画笔和雕刻刀的手！这双手不是用来做工的！"他一把抓住志翔的手，把它摊开来，志翔的手指修长，纹路细致。他叫着说："忆华！你看，这是一双艺术家的手！你知道吗？这双手会创造出伟大的艺术品来！"

志翔望着自己的手，忽然间，他反手抓住志远的手，把它也摊开来，志远下意识地伸开了手掌，那手上，遍布着厚皮和粗茧，指节已因用力而变得粗大，掌心上，还有东一条西一条铁钉划破的伤痕，和好几块青黑色的淤血。志翔陡地觉得脑中发晕，血往脑海里冲去。他感到自己再也不能面对这双手，他感到自己马上就要崩溃……跳起身子，他一反身，就打开大门，直奔下楼，冲往大街上去了。

志远愣了两秒钟，然后，他接触到忆华那盈盈含泪的眸子。他振作了一下，略一思索，就掉转身子，也朝着门外冲去。屋里只剩下了忆华，她看看桌上的包子，又看看那雕塑到一半的头像，深深地叹出一口气。

这儿，在寒风瑟瑟的街头，志远追上了志翔。

"志翔！"他叫了一声。

志翔闷着头往前疾走，身上只穿着一件衬衫，衣袖被冷风吹得鼓了起来。志远跟着他走了一段，默默地脱下自己的外套，披在志翔的肩上，低语了一句："这儿不比台湾，晚上天冷，当心受凉！"

志翔站住了，望向志远。志远挺立在街灯下，面对着他，脸上带着无比温暖、无比安详的微笑。

"我们兄弟两个都跑出来，把忆华一个人丢在家里，这有点过分吧？"他微笑地问。

志翔不语，街灯下，他泪光闪烁。半晌，他靠紧了志远。转回头，他们肩并着肩，向家中走去。

第十一章

　　下了课，志翔走出学校的时候，满脑子还是雕塑。雕塑的材料有很多种：木头、石块、铜、铁……自己现在学的偏重于"塑"，而不是"雕"。是用黏土做成坯子，经过翻模，再加工。米开朗琪罗和贝尼尼不是这样雕的，他们硬用整块的大理石，一点一点地"雕""刻"而成。如今市面上到处都是大理石粉的仿制品，用树脂和大理石粉调和，倒在模子里，出来就是一个维纳斯，一个丘比特，一个罗马女神，一个恺撒大帝……无知的游客仍然当作珍宝般买回家去。可是，这不是雕塑，这，既无生命，也无感情，更没有"力"的表现！"在所有的雕塑品中，大理石是最大的挑战！"他朦胧地想着。"如果翻模，铜雕最能表现出'力'，我应该做一个铜雕，雕什么呢？少女与马！"

　　少女与马！他眼前又浮起丹荔的影子，丹荔发亮的眼睛，丹荔随风飞舞的短发，丹荔在月夜里的奔驰。那充满疯狂和野性的女孩呵！小荔子，他心里又抽痛了起来。小荔子，为什么那短短的一周，你竟能在我心中铭刻下如此深的痕迹？小荔子！他抬头望望那黄昏时的天空，晚霞是一层层发亮的云。小荔子，你在什么地方呢？瑞士？瑞士有那么多大城小城，你连地址都不留一个！唉！他叹了口长气，抛开小荔子，不再想她，想想志远和忆华吧，想想大理石和木头黏土吧！

一个意大利小男孩走近了他，伸手拦住他，他认得这男孩，是路角那小咖啡店店主的小儿子，他常在那儿喝杯咖啡，吃块意大利饼当午餐。"安东尼奥，"他说，"你有什么事？"

那小男孩笑嘻嘻地递给他一张纸条，对他咧嘴一笑，就一溜烟地跑掉了。他狐疑地打开纸条，惊奇地发现，上面竟是一行中文字，字迹十分陌生，简短地写着：

"我在竞技场中等你，请速来一谈。"

没有上款，也无下款，纸条来得何等稀奇！他反复研究这纸条，实在想不出是谁写的。最后，才恍然想起，可能是忆华。他很少有时间和忆华单独在一起，要不然就有老人在场，要不然就有志远在场。忆华如果特地跑来找他，准是为了志远。他心里有些明白了，忆华平日，就总有一份欲语还休的神态，望着志远的眼光也是心事重重的。准有什么关于志远的事，或者，她想澄清一下，她和他们兄弟两人间的关系？想通了，他就直奔竞技场。

罗马的古竞技场，在市区的中心，传说已有两千年的历史。这两千岁的大建筑物，如今早已只剩下了一些断壁残垣，那圆形的外壳还在，但是已经倾倒了一半。走进去，里面是一格一格的、半倒的泥墙，相传，这些泥墙原在地板底下，是养狮子的牢笼，而今，这些泥墙却像个杂乱的迷宫。在圆场的四周，有楼梯可以上去，到处都是弧形的拱门。志翔一走进去，就有种感觉，一定有人和他开了玩笑！这当年可以容纳五六万人的大建筑里，何处去找一个不知名的约会者？

他想了想，就走到泥墙上面，让自己暴露在圆场的正中，四面张望，他看不到任何人走出来招呼他。他环场而视，这不是旅游季节，竞技场中空空荡荡的，只有几个意大利孩子，拿这古代不可一世的大比武场，当作娱乐地点，在那些阶梯上跳来跳去。他用手圈在嘴上，对四面大声地，用中文叫：

"谁在找我？"半坍塌的圆形剧场，响起了他的回声：

"谁在找我？"他皱皱眉，困惑地对每个方向看去。于是，忽然间，他看到在一个弧形的拱门下，有个小小的、红色的人影，坐在空旷的台阶上。把那灰色的古竞技场，点缀出一抹鲜明的色泽！距离太远，他看不清那人的面貌，但是，他的心脏已猛然间狂跳了起来，脑子里掠过了一个疯狂的念头，这念头又引起了一阵疯狂的期待、兴奋，和疯狂的喜悦！是她吗？是她吗？只有她会想出这种古怪的见面方式，只有她会选择古竞技场！他朝那人影奔过去，奔过去，奔过去……心脏被喜悦和期待鼓满了，他觉得自己像长了翅膀，正飞往一条五彩缤纷的彩虹里去。他觉得自己轻得像一根羽毛，正飘往一个醉人的美梦里去。他看到她了，他终于看清她了！小荔子！他大大地喘了口气，小荔子！他张开嘴狂呼：

"小荔子！小荔子！小荔子！"

她坐在那儿，穿着件白毛衣、红长裤，披着件短短的红披风。她的短发被风吹乱了，乱糟糟地披在额前和面颊上。她用手托着下巴，呆呆地坐在那儿，一动也不动地望着他飞奔而来。他奔到了她面前，一下子收住了脚步，停住了，气喘吁吁地看着她。她的面颊白皙，眼珠黑幽，神色庄重，坐在那儿，她像个大理石雕刻的、至高无上的艺术品。一点也没有往日那份嘻嘻哈哈的模样，更没有丝毫野性的、疯狂的痕迹，她像是变了一个人！变成了一个严肃、庄重、神圣、不容侵犯的圣女！志翔呆了，瞪着她。

"小荔子！"他哑声地低唤，仍然喘着气，"是你吗？小荔子？真的是你吗？"她凝视他，一眨也不眨，眼底逐渐涌起一层悲哀的、绝望的神色。"不是我。"她喃喃地说。

"不是你？"他怔了怔，"小荔子，什么意思？你怎么了？"

她继续一眨也不眨地盯着他，声音是幽幽的、怯怯的、有气无力的。"这怎么可能是我呢？我一向对什么都不在乎，我不会烦恼，也不知道忧愁，我爱玩爱笑爱闹，我对什么都不认真！尤其是男孩子！可是，我现在坐在这儿，像个等待宰割的小羊，像个无主的、迷路的小孩……这怎么可能是我呢？我不相信。"她凝视他，眼里有一层雾气，"你会相信吗，小翔子？为了一个骄傲、自大、莫名其妙的男孩，我竟然单枪匹马地从日内瓦跑到罗马来！"志翔呆立在那儿，这番话是他有生以来听过的最美妙的音乐，美妙得使人难以置信！眼前这张脸是他有生以来见过的最伟大的艺术，伟大得使人难以置信！他瞪着她，长长久久地瞪着她。他听到自己的声音，在那儿沙哑地、含糊地、呢喃地说着："哦，不！小荔子，我不信……"他又大大地喘了口气，眩惑地瞪着她，"我不信，我不能信！小荔子，我从来不相信祈祷，不相信奇迹，你教我怎么能相信？我不信！我真的不信！"她忽然间从地上一跃而起，站在那儿，她那黑幽幽的眼睛燃烧起来了，她那苍白的脸颊涨红了，她那平稳的呼吸急促了。她张开嘴，大声地、无法控制地喊了出来：

"你不相信！你不相信！你这个笨蛋，傻瓜蛋，驴蛋！如果你祈祷过，你不会写信给我？你不会找我？你一定要把我弄得这么凄惨，一个人跑到罗马来！你坏！你可恶！你笨！你傻！你糊涂！我恨你！恨死你……"

"慢点，小荔子，公平一点！"志翔也嚷了起来，"你走得干干净净，连地址都没有留！我怎么写信？瑞士有那么多城，那么多街，那么多门牌号码！可是，我还是寄了信的，寄了好多好多封……""你寄到什么地方去的？"她大叫。

"寄到你那儿去的！""我没收到！""你收到了的，要不然你不会来！"他毫不思索地叫，"我每天寄一封信给你！到现在，已经寄了三十三封，因为，我们分开了整整三十三天！"

她咬住嘴唇，紧紧地凝视他，眼泪迅速地涌进她的眼眶，她的嘴唇发颤，呼吸沉重，终于，她迸裂般地大叫了一声：

"小翔子！"她投进了他的怀里，他一把抱住了她，立即，他就本能地箍紧了她。她那柔软的、小巧的身子紧贴在他的怀里，她的眼睛祈求地、热烈地、含泪地瞪着他。他俯下头，一下子就捉住了她的唇。她闭上眼睛，泪珠从睫毛缝里滚落下来，沿着颊，一直流进两人的嘴里。

他的心猛烈地跳着，猛烈地敲击着他的胸腔，猛烈得几乎跃出他的身体，他的唇压着那柔软的唇，尝着那泪水淡淡的咸味。终于，他抬起头来，把她那乱发蓬松的头紧压在自己的胸前，他用下巴爱怜地、保护地、宠爱地贴着她的头，轻声低语。"小荔子，你不知道这些日子米，我过得有多苦！你想不到，你给了我多少折磨！"

"我现在知道了。"她在他怀中颤抖着，"你的心在对我说话，它跳跃得好厉害！"她用耳朵更紧地贴着他的胸膛。"我喜欢听你的心跳，我喜欢得发疯！哦，小翔子，你不要嘲笑我，有这一刹那，我三十三天的痛苦都已经值得了！小翔子，别笑我不害羞，我愿意就这样待在你怀里，待一辈子！"

"噢！"她像一股强而有力的火焰，在熊熊地燃烧。他自己也是一股强而有力的火焰，迅速地，这两股火焰汇合在一起，燃烧得天都变红了。"小荔子，我这一辈子也不放你走了，再也不放你走了！"她抬起头来，仰视着他，彩霞染红了她的面颊，落日的余晖在她的瞳孔中闪耀。"你说的是真话吗？"她认真地问。"你真的不再放我走了吗？"他心中"咚"地一跳，理智有一刹那间在他脑中闪过，依稀觉得有那么点不对劲的地方，依稀中志远的面庞在遥远地望着他……可是，丹荔的眼光澄澈如水，丹荔的身子轻软温馨，丹荔的呼吸热热地吹在他的脸上，丹荔那企盼的声音和热烈的告白具有惊天动地的力量……这力量把所有的一切淹没了。他凝视她，那光洁的面庞上还有泪珠在闪烁，他吻去那泪珠，再度战栗地拥住了她。

"是的，是真话！"他由衷地叫着，"小荔子！是真话！我怎能放走你？你就是我的艺术！我的快乐和幸福！放走你，等于放走一切！""那么，"她轻声说，"我是悄悄离家出走的，你预备怎么安排我呢？""什么？"他吓了一跳，推开了她，仔细注视她，"离家出走？你父母不知道你来罗马吗？"

"他们知道。我在桌上留了张条子，上面写着：我到罗马去学音乐。就这样来了！"

他沉思了。初见面的那股巨大的狂热和惊喜被现实所带来的问题给压抑了，一切不愿考虑的、不想考虑的问题都在他脑中涌现。自己的生活还在倚赖哥哥的劳力，如何去安排丹荔？那出身豪富，从不知人间疾苦的女孩！喜悦从他的眼睛里悄悄消失，他不由自主地在台阶上坐了下来，用手无意识地扯着自己的头发。心里像有一堆缠绞不清的乱麻，怎么也整理不出头绪来。"嗨！"丹荔细声细气地说，"你害怕了！是不是？你根本无法安排我，是不是？"他坦白地抬起头来，下决心地说：

"是的，小荔子！让我对你说一些真实的事情，你轻视我也可以，鄙弃我也可以。我无法安排你！我虽然在罗马念书，但是，并不是像你想象的那样，是个贵族子弟。我的家庭很清苦，我和哥哥的留学，都使父母背下了债务，如今，我所有的生活费和学费，都倚赖哥哥做工在支持！你可以为了一时高兴，把一沓钞票塞给马车夫，换片刻的欣乐，我呢？可以为了省下几百里拉，少吃一顿中饭！小荔子，我并不是要向你哭穷，更不是要向你诉苦，因为你来了，你冲着我而来了，我不能不告诉你实情！你问我如何安排你，我但愿可以对你说：嫁给我，我为你造一个皇宫，造一辆金马车，买一百匹白马给你去驰骋！但是，我做不到，我什么都做不到，即使连婚姻，目前都谈不到！在我学业未完成以前，我什么允诺都没办法给你。小荔子，"忧郁、沉重与悲哀压上了他的眉梢，"现在，你该睁大眼睛，看清楚我，是不是值得你背井离乡，来投奔我？假如我使你失望……"

她在他身边坐了下来，静静地听着他的倾诉，听到这儿，她忽然伸出手来，一把蒙住了他的嘴，她的眼睛张得好大好大，轻声地、肯定地、热烈地说："别说了，小翔子，我已经来了。我不要增加你的负担，我自己会安排我自己！我只要听你一句话！"

"什么话？""你想过我吗？要我吗？希望我留下来吗？"

他死命盯着她。"你不需要问这问题的，是不是？"他的眼眶潮湿，"知道吗？我这一生最大的狂欢，是发现你坐在这拱门底下的一刹那！""够了！"她的眼睛发亮，声音激动，"我会留下来！即使你命令我走，我也不走！"

他凝视她，落日正迅速地沉落，整个巨大的圆形竞技场，都被落日余晖衬托得如诗如画。而她那绽放着光华的面庞，却是诗中的诗、画中的画！

第十二章

朱丹荔说得出，做得到，当天，她就住进了一家女子公寓。她打了电话给父母，第二天一早，父母就双双赶来了。朱培德是个实事求是的人，他做事一向有纪律，有果断，有计划，而且一丝不苟。他怎么也想不到自己会生出一个像丹荔这样的女儿！天不怕，地不怕，带着三分疯狂，三分野性，三分稚气，还有三分任性，和十足的热情！这女儿自从婴儿时代起，就弄得他束手无策。她有几千几万种诡计来达到她的目的，包括撒娇撒痴、装疯卖傻，她全做得出来。朱培德明知道她是耍手段，就是拿她无可奈何！至于朱太太呢，那就更别提了。丹荔早就摸清了母亲的弱点，眼睛一眨，她就可以硬逼出两滴眼泪来，泪汪汪地对母亲一跺脚，来上一句：

"妈！我活着是为什么？活着就为了做你们的应声虫吗？如果我不能为自己而活，你还不如把我装回你肚子里去！"

这是撒赖，她从小就会撒赖。可是，她撒赖时的那股委屈劲儿、可怜劲儿，使朱太太的心脏都绞疼了。还能不依她吗？从小，就没有任何事情，父母两个可以拗得过她的！

现在，在这公寓里，又是老把戏的重演。朱培德和太太，苦口婆心地想把她劝回日内瓦。她呢，坐在床上，双手放在裙褶里，睁大了眼睛，只是一个劲儿地摇头。

"我不回去！说什么我也不回去！"

"丹荔，你这次的任性实在太过分了吧？"朱太太说，"你想想，现在又不是刚开学，你到哪里去学音乐？什么学校会收你？""我去××学校学钢琴！"

"那根本不是学校！"朱培德生气地喊，"那是一家补习班，说穿了，就是个野鸡学校！你真要学钢琴，犯不着跑到罗马来，我给你请家庭教师，在家里专门教你！"

"我不要！"丹荔拼命摇头，"我就要待在罗马！"

"好吧！"朱培德简单明了地说，"别再对我玩花样，也别找什么学钢琴这种借口，正经八百的，那个男孩子叫什么名字？""什么男孩子？"丹荔装傻。

"你上次在罗马碰到的那个男孩子！你和他疯了一个礼拜的男孩子！"朱培德大声说。

"他吗？他叫陈志翔！"

"他是做什么的？""留学生！他在××艺术学院学雕塑！"

"××艺术学院？他家里做什么的？"

"我没问过。""你是为他来罗马的吗？"朱培德锐利地问。

"我没这么说。"丹荔逃避地回答。

"好吧！"朱培德咬咬牙，"你现在去把他找来，我必须和他谈一谈！""现在吗？"丹荔看看手表，"他不会来的！"

"什么意思？"朱培德蹙紧眉头。

"现在他正在上课，你想教他牺牲上课，跑到这儿来吗？"丹荔摇头，"他不可能的！他是个书呆子！"

"你的意思是说，你喜欢上了一个书呆子？"朱太太的眼睛瞪得好大好大。"也不完全是书呆子，"丹荔说，"也是个画呆子，还是个雕刻呆子！""你是说——"朱太太越听越惊奇，"他反正是个呆子！你为了这个呆子，跑到罗马来？"

丹荔闭紧了嘴，不说话。

朱培德注视着女儿，半晌，他决断地说：

"我什么时候可以见到他？"

"爸爸！"丹荔仰起头来，眼光里已充满了恳求，"你知道我一向都有分寸的，你知道我不会出错的，你也知道我不会认真的，你何必一定要见他呢？"

"我知道吗？"朱培德哼了一声，"我看，我什么都不知道。你也别多说了，马上收拾东西，跟我回日内瓦去！那个呆子假若真对你有感情，他会到日内瓦来找你的！"

"他才不会呢！"丹荔说，"他连请一小时假，都不会肯的！还去日内瓦呢！""那么，"朱太太说，"这样的男孩子，你还要他做什么？你别傻了！我看，人家对你根本没什么，你就死心眼跑到罗马来，岂不是不害羞？丹荔，你又漂亮又可爱，追你的男孩子一大堆，你总不会为这个呆子发呆病！趁早，跟我们回瑞士！""一定要回瑞士吗？"丹荔问。

"一定要回去！"朱培德烦躁地说，"丹荔，你理智一点，我有一大堆工作丢在那儿，我必须赶回去处理！你不要给我增加烦恼好不好？""如果一定要我回去，我就回去！"丹荔赌气地站起身子，胡乱地把衣柜里的衣服往床上丢，"回去的第一件事，我就自杀！""丹荔！"朱太太喊，"少胡说。"

"什么胡说！"丹荔板着脸，一本正经地，"不自由，毋宁死！"朱培德啼笑皆非地看了看太太。

"瞧！都是你把她宠的！越来越胡闹了！"

"是我宠的，还是你宠的？"朱太太顶了回去，"从她小时候，我稍微管紧一点，你就说：让她自由发展，让她自由发展！自由发展得好吧？现在，她要自由了，你倒怪起我来了！"

丹荔悄悄地看看父母的神色，然后，她就一下子扑过去，用手勾住了父亲的脖子，亲昵地把面颊贴在父亲的脸上，柔声地、恳求地、撒娇撒痴地说：

"爸，你是好爸爸嘛，你是世界上最开明的爸爸嘛，你是最了解我的爸爸嘛！全天下的爸爸都是暴君，只有你最懂得年轻人的心理！瞧，我都二十岁了！你总不能让我永远躲在父母的怀里，我也该学习独立呀！你二十岁的时候，不是已经一个人到剑桥去读书了吗？祖父也没追到剑桥去抓你呀！"她在父亲脸上吻了一下，又对他嫣然一笑，"爸，你常说一句成语，什么自己呀，不要呀，勿施呀，给人呀！……"

"己所不欲，勿施于人！"朱培德纠正着，"什么自己呀，不要呀！你的中文丢光了！"

"哦！"丹荔恍然大悟似的说，"是'己所不欲，勿施于人’吗？我怎么记得住呢？谁有爸爸那么好的记性吗？中文英文都懂那么多！”她用手敲敲头，像背书似的喃喃自语，“己所不欲，勿施于人！己所不欲，勿施于人！不能再忘记这两句话：己所不欲，勿施于人……”

朱培德忍不住笑了。“好了，丹荔，别跟我演戏了！”他笑着说，“我看我拿你是一点办法都没有！你决定要在罗马住下去了，是不是？”

“嗯。”“你准备‘独立’了！”朱培德睨着女儿，“那么，也不用我给你经济支援吧！”丹荔扬了扬眉毛，噘了噘嘴。

“我也可以自己去做事，只要你忍心让我做。”她说，“对面那家夜总会就在招考女招待！是——”她拉长了声音，“上空！”“丹荔！”朱太太叫，也笑了。“我看我们是前辈子欠了你的！真奇怪，就想不通，怎么会生下你这么个刁钻古怪的女儿来！”朱培德决心妥协了。“好了！丹荔，你要住下就住下吧！学钢琴就学钢琴吧！钱呢？我这儿有的是，你拿去用，我可不愿意你用那个男孩子的钱！我知道读那家艺术学院的，都是些有钱人家的风流子弟！丹荔，你心里有个谱就好了！”

丹荔抿了抿嘴唇，不说话。

“丹荔，你仍然坚持不愿我见见这男孩子吗？”

“爸，”丹荔垂下了睫毛，“你知道我的个性，现在你见他，未免太早了。而且，你……你那么忙。他呢？他也忙。”

“忙得没时间来见我，只有时间见你？”

“培德！”朱太太喊，“你也糊涂了，人家见你女儿是享受，见你是什么呢？好了，我也不坚持见他，咱们这个女儿没常性，三天半跟人家吹了，我们见也是白见。”

“可是，”朱培德说，“女儿为了人家跑到罗马来，这个人是什么样儿我们都不知道。”

“你们见过的嘛！”丹荔噘着嘴说，“上次来罗马，在博物馆里画《掳拐》的那个人。”

“掳拐？”朱培德搜索着记忆。依稀记得那个高高壮壮，长得挺帅的男孩子。“掳拐？我看，他正在掳拐咱们的女儿呢！”一句笑话，就结束了父女间的一场争执。于是，就这样决定了，丹荔留了下来，朱培德夫妇当天下午就飞回了瑞士。到底是受西方教育的，朱培德夫妇对女儿采取的教育方式是放任而自由的。晚上，在这公寓里，当这一幕被丹荔绘声绘色地讲给志翔听的时候，志翔反而不安了，他微蹙着眉头说：

“小荔子，我倒觉得我应该见见你父母。”

“为什么？”“告诉他们，我并不想‘掳拐’你。”

“可是——”丹荔睁大眼睛，天真地望着他，“我却很希望你‘掳拐’我！”“哦，小荔子！”志翔热烈地叫，“你真不害臊！我从没见过像你这样坦白、这样热情的女孩子！”

“爱情是需要害臊的吗？”丹荔扬着睫毛，瞅着他，“你以前的女朋友，都很害臊的吗？”

“信不信由你，”他说，“你是我第一个女朋友！我的意思是说，第一次恋爱。”“真的吗？”她问，眼光迷迷蒙蒙的，“你知道你是我的第几个男朋友？我指的也是——恋爱。”

他用手压住她的嘴唇，脸色变白了。

“不用告诉我！”他说，“我并不想知道！”

她挣开他的手，坦率地、诚挚地看着他。

"信不信由你，也是第一个。"

"是吗？"他震动了一下，"我记得你告诉过我，你有很多很多男朋友！""没有一个认真的。""是吗？""是的。最起码，没有一个能让我从瑞士跑到罗马来！"

"并不包括有没有人让你从罗马跑到瑞士？或巴黎跑到汉堡？或香港跑到欧洲？……"

"你……"她抓起手边的一根皮带，对他没头没脸地抽了过去，"你以为我是什么？全世界跑着追男人的女人吗？你这个忘恩负义、没良心的大傻蛋！你欺侮人！你……"

他一把握住了她的手，把她推倒在床上，用嘴唇堵住了她的唇。"小荔子，总有一天，我要见你的父母，我逃不掉的，因为我要你。"她轻颤着。"如果你对我真有心，等你放暑假的时候，你跟我一起回瑞士去见他们。现在，你们见面是不智之举，因为你们都没有心理准备。""暑假？"他愣了愣。暑假有很多事要做，暑假有很多计划，暑假还有威尼斯之旅，暑假要去打工……

"我知道没办法让你抛弃你的功课，"丹荔体贴地、屈服地说，"我只好迁就你。有什么办法？也算——我命里欠了你的！"暑假？暑假还是个未知数呢！志翔怔着，面对丹荔那张委曲求全的脸，他却说不出话来。

第十三章

夏天不知不觉地来临了。

志远这一阵都很忙，为了想要挪出十天左右的休假，他只得拼命加班，拼命工作。但是，他却做得很愉快，想到即将来临的暑假，和他计划中的假期旅行，他就觉得浑身都兴奋起来。威尼斯，已经不记得有多久没有去过威尼斯了！旅行，也不记得多久没有旅行过了！他像个要参加远足的小学生一样，想到"旅行"两个字，就精神振奋而兴高采烈。

但，就在这种忙碌的日子里，志远也没有忽略掉志翔的变化。首先，他变得不爱回家了，常常，志远下班回来，志翔还没回家。其次，志翔越来越容光焕发而神采飞扬，早上，志远在睡梦蒙眬中，都可以听到他吹口哨或唱歌的声音。再次，他开始爱漂亮，注重自己服装的整洁，每天刮胡子。而身上常染有香水的味道。最后，他的雕塑品精巧而完美，三月中，他完成了第一件铜雕，是一个少女与一匹马，少女倚在马的旁边，用手环抱着马的脖子。四月，他完成了第二件铜雕，是一个全身的少女，短发，赤足，短裙子，带着满脸欢愉的笑。五月，他新开始的作品正用黏土在做粗坯，那作品又是个少女胸像——这些作品中的少女，都是同一个模特儿：短发，小小的翘鼻子，薄薄的嘴唇，尖尖的下巴，一脸调皮、野性而欢乐的笑。

所有的迹象都指向了一个目标，志远心里越来越不安。他总想找机会和志翔好好地谈一谈，可是，不知从何时开始，志翔在逃避和他谈话了。这天，是高祖荫的生日，志远破例请了假，在高家吃晚餐。事先，志远已经一再提醒志翔，务必要早一点到，但志翔仍然迟到了，当所有的菜都放上了桌子，志翔仍然没有人影，志远开始冒火了。"忆华，咱们不等他了，再等菜都凉了！"

忆华悄悄地看了志远一眼，柔声说：

"忙什么呢？再等等吧！菜凉了可以再热一热的！"

志远注视着忆华，她近来好消瘦，好憔悴，瘦得整个人都轻飘飘的，显得那对眼睛就特别大。再加上她嘴角那个笑容，酸酸的，怯怯的，带着抹淡淡的哀愁，使她看来那么可怜兮兮。怎么了？是志翔在疏远她吗？一定是为了志翔！志翔在那儿神采飞扬，忆华却在这儿为情消瘦！志远心疼了，懊恼了。对志翔的诸多怀疑，就一项项地加了起来，连他那些颇被教授赞美的雕塑，都成了"犯罪"的"证据"。他盯着忆华，忍无可忍地问："忆华，志翔多久没来过了？"

忆华支吾着回答："没多久吧，我也记不清了！"

这是什么回答，志远心中大怒，志翔在捣鬼！怪不得他近来连哥哥面前都在回避。他心里有气，怒色就飞上了眉梢，正想说什么，老人走了过来，轻描淡写地说：

"年轻人嘛，有自己的世界，你当哥哥的，也别把他管得太紧，只要他活得快乐就好了！"

你这个老糊涂！志远心里在暗骂，你只管志翔快乐不快乐，却不管你女儿消瘦不消瘦！他瞪大眼睛，望向忆华，两人眼光接触的一刹那，忆华的嘴唇动了动，似乎想说什么，却又无言地咽下去了，低下了头，她的长发从颊边垂了下来，半遮着那突然红晕了的脸庞。她这种欲言又止，欲语还"羞"的神态，使志远的心一阵激荡，那份代她不平的情绪就更重了。志翔，他在心中叫着，你这个浑小子！你这个糊涂蛋！世界上哪里去找这样好的女孩，只有你这种傻子，才会辜负这段姻缘！"胡闹！"他忍无可忍地抬起头来，"几点了！"

"快八点了！"老人说。

"快八点了？"志远叫着，"我们还等什么？吃饭！吃饭！难道没有他，我们就不吃饭了吗？"

忆华摆好碗筷，又取出一瓶葡萄酒。

"忆华，"志远说，"开瓶白兰地吧！"

"志远，"忆华请求地说，"就喝点葡萄酒吧！"

"白兰地！"志远沉着脸说，"今天是高的生日，你让我们放怀痛饮一次！反正今晚已经请了假，醉了也没关系。高，你说呢？"老人望望女儿，笑呵呵地说：

"丫头，你就开瓶拿破仑吧！中国人说的，酒逢知己千杯少！又说'不醉无归'，今晚，我们就让志远不醉无归吧！难得，他也很久没醉过酒了！"

"什么不醉无归，我听不懂！"忆华说，"我只知道如果真喝醉了……""那就让他醉也无归！"老人洒脱地说，"喝醉了，就在咱们这儿睡！以前，他也不是没在咱们家醉过！"

"是的，"志远凝视着忆华，"我记得，有一次我醉了，在这儿又哭又笑地闹了一夜，害你整夜没睡觉，一直陪我到天亮。"忆华脸上的红晕更深了。不再说话，她取来了一瓶陈年的拿破仑，默默地开了瓶盖，注满了老人和志远的杯子。志远举起杯子，对老人大声说：

"高，老当益壮！""志远，"老人也大声说，"学学我，知足常乐！"

两人都一口干了杯子。忆华慌忙按住瓶子。

"爸，你要灌醉他呀！"

"忆华，你就让我和志远两个，好好地喝一次吧！"老人自顾自地取过了瓶子，忆华只得拼命给两人夹菜，一面说：

"既然要喝，就别喝闷酒，多吃点儿菜！"

几杯酒下肚，老人和志远就都有了醉意，你一杯、我一杯地喝得不亦乐乎。同时，两人开始大谈几百年前的陈年老事，老人谈他童年在东北所过的生活，流浪国外后所度的岁月；志远谈他的幼年，谈他的台湾，谈他那"只有点儿小天才"的弟弟……就在两人已进入半醉的时候，那大门上的铃铛一阵叮叮当当响，志翔捧着个生日蛋糕来了。站在餐厅里，他抱歉地说："对不起，真对不起，我来晚了！"

忆华接过了他手里的蛋糕，迅速地给他添了一份碗筷。志远却不由分说地，一把抓住他胸前的衣服，气呼呼地、兴师问罪地嚷："你这是什么意思？来晚了！谁允许你来晚了？忆华，取个大杯子来，先罚他一杯酒！"

"哥！"志翔急忙说，"你明知道我不会喝酒，罚我三鞠躬好了，酒，我是不行的！"

"管你行不行！"志远把自己的杯子硬塞到志翔手里去，"你干了这杯！向高和忆华道歉！"

"哥！"志翔还想讲价。

"志翔！"志远打断了他，沉着脸，带着酒意说，"你现在抖起来了，你是高才生，要毕业的人了，你看不起你的穷哥哥，和他的穷朋友们了！"

"哥哥！"志翔惊愕地喊，望着志远。然后，他一把接过了志远手里的杯子，对老人和忆华举了举，激动地说："我如果像哥哥这样讲的，我是死无葬身之地！"他一仰头，硬喝干了那杯酒，他一生未喝过烈酒，这酒一入喉，就引起了他一阵呛咳，他置之不顾，抢过瓶子，他再斟满了自己的酒杯。"别以为我的歉意不是真心的，既然罚我，就连罚三杯吧！"他再干了一杯。"志翔！"忆华惊叫，抓住了酒瓶，她望向志远。"志远，你们兄弟两个今晚都发了疯吗？今天是爸爸的生日，你们是来祝寿的呢，还是来闹酒的呢？"

志远深深地看了忆华一眼，回头对志翔嘻嘻一笑。"好吧！再灌你酒，有人会心疼，看在忆华面子上，我就饶了你！"志翔心里一阵焦躁，这是什么意思？他立即说：

"算了，别看任何人的面子，我担当不起！我还是罚酒的好！""志翔！"志远的脸又板了起来，"你别不识好歹！我告诉你……"他提高了声音，酒把他的脸染红了，怒火把他的眼睛烧红了，他逼视着志翔，愤愤然地嚷开了："你别以为你哥哥是瞎子，是哑巴！对于你的事不闻不问！你最近生活糜烂放纵，我早就想教训你了！你从实招来，你每天在外面混到三更半夜，你到底在做些什么？你闻闻你自己身上，又是香水味，又是脂粉味，你到罗马，是来念书，还是沉溺于女色？那个引诱你的野女孩，到底是个什么来路？她缠住你，有什么动机？什么用意？……"

"哥哥！"志翔的脸也涨红了，连眉毛都红了，他气得浑身发抖，用手紧抓着椅背，挺立在那儿，"请你不要侮辱我的感情！请你尊重丹荔。""Dolly！果然！有这个女孩！外国名字！你……你……"他指着志翔，呼吸急促，"你昏了头了！你去和外国女孩鬼混……""她叫丹荔！她不是外国女孩！"

"是中国女孩？"志远问到他脸上来。

"是……是……"志翔张口结舌，答不出来。

"啊哈！"志远怪叫着，"难道是那个不中不西，又中又西的女孩？志翔！你发了疯！你要气死我！你根本不把我这个哥哥放在眼里，我跟你说，管她是Dolly，还是丹荔，管她是中国人还是外国人，管她是什么怪物，你从今天起和她断绝关系！不许来往！""哥哥！"志翔也大吼了起来，"你是我的哥哥，你并不是我的主宰！我想，我交朋友用不着要你的同意书！你也没有资格来侮辱……""没有资格！我没有资格!"志远断章取义，勃然大怒，而且受伤了。他愤愤然地一拍桌子，直跳了起来。"没想到，我辛辛苦苦栽培的弟弟，今天来对我说，我没资格管他！很好，很好，"他气冲冲地直点头，"我没资格，你高贵，你重要，你是要人！七点请你吃饭，你大爷八点半才到，你伟大，你不凡，我们这个小房间里容纳不下你……"

"志远！"忆华再也按捺不住，她走过来，一把握住志远的手腕，温柔地、含泪地、恳求地望着他，"你怎么了，志远？犯得着生这么大的气吗？你想想，你们兄弟两个，一向是那么要好的，何苦为一点小事就翻脸！志翔原是你的骄傲，你的快乐……""我的骄傲，我的快乐！"志远更加激动了，"忆华，连你都知道！可是，他知道吗？只怕，我把他当作我的骄傲、我的快乐，他却把我当成他的耻辱、他的悲哀呢！我有什么资格管他？我有什么资格过问他？……"

"哥哥！"志翔喊，沉痛、悲切和苦恼把他给折倒了。他急促地、迫切地、心慌意乱地解释："我不是这个意思，你不要误会我！哥哥，算我说错了！你不要生气，我赔不是就好了，好吧！"他一咬牙，"罚我喝酒吧！"他举起酒瓶，任性地对着嘴灌下去。"疯了！都疯了！"老人抢下了志翔手里的瓶子，走过来，他用手一边一个，揽住了兄弟两个的腰。他的个子矮，站在两个高个子的中间，脑袋只齐兄弟两个的耳朵。他亲热地、恳切地、安抚地、深沉地说："你们是好兄弟，背井离乡，在国外相依为命，有什么好吵呢？即使有意见不同的地方，也都是为了对方好，不是吗？好了，看在我这个老头儿的脸上，你们就讲和了吧！"志翔颓然地跌坐在椅子里，用手苦恼地蒙住了脸。志远眼见他这种神情，听到老人的谆谆劝告，心里一酸，顿时百感交集。想到自己对志翔的种种指责，也颇有强词夺理之处，又担心他空着肚子，乱喝了许多酒，会把身体弄坏。心里七上八下，说不出来地后悔，很想对他说两句转圜的话，却又拉不下这个脸来，就呆站在那儿，愣愣地出着神。

一时间，室内好安静，半晌，老人才拍了拍手，嚷着说：

"忆华！把菜热热，大家吃饭了，酒拿开！今晚，到底是我在过寿哩！"志翔抬起头来，眼睛发红，眼眶湿润，他对老人低低地说了句："对不起，高伯伯！"老人对他眨眨眼睛，悄悄示意。

"我吗？我倒没关系……"

志翔抬眼望向志远，打喉咙里叽咕着：

"原谅我，哥！"志远一下子冲过来，把双手放在志翔的两肩上，紧紧地扶住了他。他想说什么，可是，喉咙哽着，望着弟弟那微卷的黑发，望着他那湿润的眼睛，他自己的眼眶也湿了。终于，他开了口："是我不好，我喝多了酒。你别生老哥的气，等你放暑假，我们去威尼斯好好地度个假，把所有的不愉快都忘掉，嗯？"他转眼看着忆华，柔声说："忆华，快去弄点醒酒的东西给他吃吃，他根本不会喝酒！"

忆华悄然地拭去了眼角的泪水，很快地答应了一声，就飞快地跑进厨房里去了。

第十四章

　　"小荔子，"志翔在丹荔的公寓里走来走去，烦躁不安地说，"我必须告诉你，暑假我不可能跟你去瑞士了。"

　　"为什么？"丹荔半倚在床上，挑着眉毛问。

　　"我有事，我要去一趟威尼斯。"

　　"威尼斯？"丹荔打床上一跃而起，满脸的喜悦和光彩，兴奋地说，"你干吗要去威尼斯？为了收集你的论文材料吗？我陪你一起去，我早就想去威尼斯了，如果不是倒霉碰到了你，我恐怕已经去过一百次了。我跟你说，小翔子，暑假有三个月，我先陪你去威尼斯，你再陪我去日内瓦，我们谁也不欠谁，你说好不好？"志翔凝视着丹荔，缓缓地摇摇头。

　　"不行，小荔子，你不能陪我去威尼斯。"

　　"为什么？""因为……因为……"他沉吟着，"因为我要和我哥哥一起去。"她狐疑地看着他。"怎样呢？"她说，"你哥哥不许你带女朋友的吗？你哥哥是老学究、老古板吗？"她扬起睫毛，眼珠又黑又亮，意志坚决地说，"我管你跟谁一起去，反正我跟定了你，你去哪儿，我就去哪儿，别说是你哥哥，你就是带着你的老祖母，我也要跟你一起去！"志翔蹙起了眉头。"小荔子，我是认真的。你不能去。"

"小翔子，我也是认真的，我一定要去！"

"小荔子！"他的眉头蹙得更紧了，"你听我说，去的人并不止我哥哥，还有一对父女，那父亲是个鞋匠，姓高，是我哥哥多年来的知交……"丹荔的脸色变白了，笑容从她唇边隐去。

"我对那鞋匠没兴趣，"她说，紧紧地盯着志翔，"告诉我有关那女儿的事，她多少岁了？"

"二十三岁。""就是你说过的，很中国化的那个女孩？"

"是的。""漂亮吗？""是的。"丹荔咬着嘴唇，深思地站在那儿，有好长一段时间，她只是若有所思地，一动也不动。然后，忽然间，她像一阵风般卷到他的面前，用手拉住他的手腕，面对着他，大眼睛一眨也不眨地紧盯着他，低低地、肯定地、坚决地、清清楚楚地说："好，我不去。可是，你也不许去！"

"小荔子！"他喊，"你要讲理，你要了解我的苦衷，我不像你那么自由，那么无拘无束，我有许多顾忌，许多困难，我生命里，并不是……"他困难地、艰涩地说了出来，"只有你一个人！"丹荔的脸色更白了。"你说过，我是你生命里最重要的！"

"是吗？"他的眉毛拧在一块儿，在眉心打了一个结，

"如果我说过，也是不很——真实的。小荔子，我生命里不只有你，还有我哥哥。""我和你哥哥，谁在你生命里更重要？"

志翔沉思着，坦白地说：

"我几乎无法回答你这问题。"

丹荔踮起脚，轻轻地吻他的唇。

"现在，你也无法回答这问题吗？"她娇媚地问。再踮起脚，吻他的鼻子，他的面颊，他的耳垂，他的前额……每吻一下，她就问一句："现在呢？"

志翔情不自禁地，一把抱住了她，喘着气说：

"哦，小荔子，你别折磨我！"

"我的爱情，对你居然是折磨吗？"她问，真正地悲哀起来了，垂下睫毛，她轻声自语。"看样子，是我该回家的时候了！""小荔子！"他喊，"你别误会！"

"误会？"她一下子甩开了他，退得远远的，她那发白的面颊涨红了，呼吸急促地鼓动着她的胸腔，"你答应过暑假要和我回日内瓦，现在你要去威尼斯！陪你的哥哥，陪另外一个女孩子去威尼斯！你要我怎样？举双手赞成吗？你告诉我，在你生命里，我不如你哥哥……""我并没有这么说！""你的意思还不明白吗？既然如此，你还不如去和你哥哥谈恋爱……""小荔子，你在胡说些什么？"

"我胡说！我才不胡说呢！从没见过一个大男人，动不动就把哥哥挂在嘴上，你是你哥哥的寄生虫！离开你哥哥，你就活不了！你没有自我，没有独立精神，没有个性，没有男子气，你是一根爬藤，爬在你哥哥身上……"

"小荔子！你再胡说！你再说一个字！"志翔气得浑身抖颤起来，他遏止不住自己由内心深处所爆发的愤怒，他的脸扭曲了，他的声音喑哑，"你再敢说一个字，我们之间就恩断义绝！""我要说！我要说！"丹荔任性地喊，"你哥哥在扼杀你！你就任由他去扼杀……"志翔往门口冲去，刚刚把手放在门柄上，正要打开门冲出去，丹荔已经像风般卷了过来，从背后一把抱住了他。他回过头去，正好看到丹荔的脸，眼泪正疯狂地奔流在那脸上，那乌黑的眼珠，透过泉水般涌出的泪花，死死地盯着他。她的声音呜咽地、悲苦地、绝望地低喊着：

"你敢走！你走了我马上就自杀！"

他崩溃了。回转身子来，他紧紧地拥着丹荔，丹荔把头紧埋在他怀里，哭得浑身抽搐，一边哭，她一边喃喃地、热烈地、坦率地诉说着："我不是要骂你！我不是真心要说那些！我只是爱你！爱疯了你！我不知道要怎么办？我无法和你的哥哥来抢你，他又不肯和我共有你！我怎么办？如果他是个女人，我还可以和他竞争，他又是你哥哥！"她仰起泪痕狼藉的脸庞来，一绺短发被泪水湿透，贴在面颊上，她悲苦地瞅着他。"我怎么办？你告诉我，我怎么办？"志翔在她那强烈的自白下心碎了，他紧拥着她，吻着她，不停地吻着她，试着要治好她的眼泪，和她的抽噎与战栗。

"小荔子，"终于，他把她拖到沙发边坐下来，用胳膊圈着她，"让我告诉你一些事情，一些有关我和我哥哥之间的事。"他开始对她诉说，那段童年的岁月，志远的留学，八年的通信，他的旅费，兄弟的见面，志远的隐瞒，他的发现，歌剧院的工作，和那下午的营造厂……一直说到目前的局面，哥哥对他的期望，以及忆华的存在。丹荔细心地听着，安静地听着，她的眼泪渐渐干了，而那深情的凝视却更痴更狂更沉迷了。"哦，小翔子，"她动容地、怜惜地说，"我从不知道你的处境如此艰苦！""那么，你了解我为什么要听哥哥的安排了吗？"

她深深地瞅着他。"小翔子，"她小心翼翼地说，"你知道我家是很有钱的！我可以帮你……"他用手指压在她的唇上，阻止她说下去。

"我宁可用哥哥的钱，也不能用你的！要当寄生虫，寄生在哥哥身上，总比寄生在女朋友身上好些！"

"噢！小翔子！"她歉疚地低喊着，"你不可以记得这种话！我发疯了，我不知道我在说些什么！"

"好，我们把这些话都忘记！"他说，"但是，你同意我不去日内瓦了吗？"她低下头，用手卷弄着衣角，半晌，才抬起头来。

"不！"她说。"小荔子！""听我说，"她安静地开了口，"如果任何事你都要听你哥哥的安排，那么，你是不是预备抛开我，去和那个高忆华结婚呢？""你知道这是不可能的事！"

"那么，你又何必要去威尼斯？你不去，他们自然也会去，是不是？而且，暑假去威尼斯玩还是小事，你说你想去打工，你知道日内瓦最发达的行业是什么？旅馆和银行！由于日内瓦是避暑的好地方，每年暑假都有人满之患，各旅馆都缺乏人手，很多欧洲学生都利用暑假到日内瓦去打工。你何不放弃威尼斯之旅，改去日内瓦呢？一来，你可以见见我父母，二来你可以找工作，三来……"她像蚊子般哼着，"你可以躲开那位中国化的女孩！说实话，小翔子，我怕她！我不要人把你从我手里抢走！我也不愿意和你分开！"

他被说动了，事实上，他又何尝愿意和丹荔分开？听丹荔这一席话，倒并不是没有道理，想不到丹荔整天疯疯癫癫的，分析起事理来却也有条有理。他注视着她，考虑着，深思着，犹豫着。"小翔子。"丹荔仰头望着他，用手勾住了他的脖子，她那澄澈的大眼睛闪烁着，充满了请求的、哀恳的意味，整个脸上，都带着种不容抗拒的魅力。她悄悄地、柔柔地、细声细气地说："答应我！别去威尼斯！我保证在日内瓦给你找到工作！答应我！小翔子，如果你爱我，如果你要我！别去威尼斯！"他无法抵制这温柔的请求。

"可是，你教我怎么向哥哥开口？"他问。

"你一定要开口吗？"丹荔的眉毛轻轻地扬着，含蓄地注视着他，"你做任何事情都要得到批准才能做吗？如果你开了口，他不许你去日内瓦，你又预备怎么办呢？"

"小荔子，"他慢吞吞地说，"你要我不告而别？"

"也可以'告'，但是，告得技巧一点吧！"

志翔注视着丹荔，她的眼睛更温柔了，更甜蜜了，更痴迷了，更美丽了，她那长长的睫毛半扬着，唇边带着个讨好的、爱娇的、祈求的微笑，那微笑几乎是可怜的，是卑屈的，是令人心动而且令人心碎的。他低叹了一声，情不自禁地俯下头去。"哦，小荔子，你使我毫无办法！我——投降了。"

第十五章

于是，暑假来临了。这天，志远冲进了高氏鞋店的大门，他冲得那么急，门上的铃铛发出一串剧烈的急响。在高祖荫和忆华来不及跑出来应门的一刹那，他已经又直冲进那小小的餐厅兼工作间。忆华正围着条粉红格子的围裙，穿了件白色有荷叶领的长袖衬衫，在餐桌上折叠着那些刚洗烫好的衣服与被单。老人依旧围着皮围裙，手里握着切皮刀，在切一块小牛皮。

"忆华，你瞧！"志远气急败坏地，脸色灰白，而神情激愤地嚷，"你瞧！志翔怎么可以做这样的事？"他转向老人，悲愤交加地喊："高，他辜负了我们！"

"怎么了？"忆华惊愕地问，由于志远的神情而紧张了，"他做了什么？他闯了祸吗？"

"他走了！"志远在餐桌上重重地捶了一拳，那刚叠好的衣服被震动得滑落了下来。"他走了！"他咬牙切齿，愤愤然地喊着，眉毛可怕地虬结着，眼睛发红。"他一声不响地就走了！""走了？"忆华困惑地望着他，"你是什么意思？他走到哪儿去了？回台湾了吗？""你还不懂！"志远对着忆华叫，好像忆华该对这事负责任似的，"他跟那个中不中、西不西的女孩跑掉了！他眼睛里根本没有我这个哥哥，没有你，没有我们全体！我们所有人的力量加起来，抵不上一个朱丹荔！我已经安排好了休假，计划好了路线，昨天还把我的小破车送去大修了，预备一路开车到法国去！可是，他……"他磨得牙齿咯咯发响，"他跟那个女孩跑掉了。"老人走了过来。"你怎么知道他跟那个女孩跑掉了呢？"

"看看这个！"志远从口袋里掏出一张纸条，摊在桌上。"我起床之后发现的！"老人和忆华对那纸条看过去，上面写着：

哥哥：

一千万个对不起，我和丹荔去日内瓦了，我将在日内瓦找份工作，开学之前一定赶回来。你和忆华不妨维持原订计划，去威尼斯玩玩，你该多休息。咳嗽要治好，请保重，别生气！你的一片用心，我都了解，可是，人生有许多事都是不能强求的，是不是？

代我向忆华和高伯伯致歉。

祝你们玩得快乐！

弟 志翔

忆华读完了纸条,她抬起头来,静静地看着志远,轻声地问:"你就为了这个,气成这样子吗?""这还能不生气吗?"志远恼怒地说,"你想,忆华,日内瓦找工作,日内瓦能找什么工作?那个洋里洋气的丹荔准是瑞士人!这一切都是那个朱丹荔在捣鬼,我打包票是她出的主意!志翔是老实人,怎么禁得起这种不三不四的女孩子来引诱!"他越说越气,越说越激动。"我帮他把一切都安排好了,连女朋友都安排好了,他不听,他任性,他不把我们看在眼里!这个见鬼的朱丹荔!"他又重重地在桌上捶了一拳,"我决不相信,她赶得上忆华的千分之一,万分之一!"

忆华怔怔地瞅着志远,听到这句话,两颗大大的泪珠,就夺眶而出,沿着那苍白的面颊,轻轻地滚落下去,跌碎在衣襟里了。看到忆华这神情,志远心里一紧,就觉得心脏都绞扭了起来,他不由自主地走了过去,一把握住忆华的手,把她的双手合在自己的大手里,他急促地、沙哑地、一迭连声地说:"不要!忆华,你千万别伤心!我告诉你,我会干涉这件事!我会教训志翔!你知道,志翔年轻,容易受诱惑,他会回心转意的,我向你保证,他一定会想明白的,失去你,除非他是傻瓜!"他不说这番话还没关系,他这一说,忆华就跌坐在一张椅子里,抽出自己的手来,一把蒙住了脸,干脆抽抽噎噎地哭起来了,哭得好伤心、好委屈。志远呆了,愣了,急了。抬起头来,他求救地望向老人。

"高!"他焦灼地说,"怎么办?你……你来劝劝她,你叫她别哭呀!"老人深深地看了志远一眼,又望望女儿的背影,嘴里叽里咕噜的不知道说了些什么。就自顾自地拿起自己的工具箱,一面往外屋走,一面低语了一句:

"你们年轻人的事,你们自己去弄清楚,我是帮不上忙的!"老人走出去了,屋里只剩下了忆华和志远。忆华失去顾忌,就往桌上一扑,把头埋在肘弯里,痛痛快快地哭起来了。志远更慌了,更乱了,绕着屋子,他不停地踱来踱去,心里像打翻了一锅沸油,烧灼得整个心脏都疼。终于,他站在忆华身边,用手抚摸着她的头发,柔声说:

"求求你别哭好吗?你再哭,我的五脏六腑都被你哭碎了。我道歉,好吗?"她悄然地抬起含泪的眸子,凝视他。

"你……道歉?"她呜咽地问。

这句话有点问题,志远慌忙更正:

"我代志翔道歉!"忆华绝望地睁大眼睛,刚收住的眼泪又夺眶而出,她用手蒙住嘴,反身就往卧室里奔过去。志远一急,伸手一把拉住了她,跺跺脚,苦恼地说:

"怎么了吗,忆华?你一向都能控制自己的,早知道你会这样子,我就把这件事瞒下来了,可是,"他抓抓头,"这事怎么能瞒得住呢?"忆华站住了,她竭力抑制着自己,半晌,她终于不哭了。志远取出一条手帕,递给她,她默默地擦干了泪痕,站在志远的面前,低俯着头,她轻声说:

"对不起,志远,我今天好没风度。"

看她不哭了,志远就喜出望外了。他急急地说:

"算了,我又不是没看你哭过。记得吗?许多许多年以前，你还是个小女孩，有一天，我买了一件像小仙女似的白纱衣服送给你，你好高兴，穿了它出去旅行，刚好下大雨，你摔了一跤，衣服全撕破了。回来之后，你也是这样哭，哭了个没停。"她抬起眼睛，从睫毛缝里望着他。她的脸发亮。

"你还记得？"她问。"怎么不记得？""知道吗？"她轻声低语，"我一直保留着那件衣服，不是——为了衣服，而是——为了送衣服的人。"

志远的胸口，像被重物猛捶了一下，他惊跳着，声音就沙哑而战栗。"忆华，"他喊，"你不知道你在说什么。"

"我知道。"她的声音更低了，新的泪珠又在眼眶里打转，"不过，我以后不会再说了。以前，你常送我东西，哪怕是一根缎带、一支发夹，我都当珍宝一样收藏着，可是，我从没想到，有一天，你居然会——居然会——居然会——"她说不下去了。"居然会怎样？"他听呆了，痴了，傻了。

"居然会把我像一件礼物一样，要送给你那宝贝弟弟！"她终于费力地冲口而出，苍白的脸颊因自己这句大胆的告白而涨得通红了，"我刚刚哭，不是为了志翔去日内瓦，而是为了……"她抬眼看他，泪珠在睫毛上颤动闪烁，她一眨也不眨地盯着他。"我就那么讨厌吗？你一定要把我送给别人吗？""忆华！"他大喊了一声，抓住她胳膊的手微一用力，她的头就一下子倚进了他怀里。顿时，他如获至宝，竟忘形地把她的头揽在胸前，他激动地、惊讶地、狂喜而悲切地说："忆华，你不知道你在说什么，你真的不知道。"

"我知道，我知道，我知道。"她一迭连声地说。

"志翔是个艺术家，"半晌，他沙哑地开了口，"一个有前途、有未来的杰出青年！我是什么？"他用手捧住她的脸，让她面对着自己。"你看清楚，忆华，看清楚我。我年纪已经大了，嗓子已经倒了，我只是个渺小的工人而已。"

"我看清楚了，"忆华紧紧地凝视他，"我早就把你看清楚了！从我十四岁，站在大门口，你拎着一双破鞋走进来的那一刻起，我心里就没容纳过别的男人！你说我笨，你说我傻，都可以。你在我心里，永远伟大！"

"忆华！""我是害羞的，我是内向的，我也有自尊和骄傲，"她眉梢轻蹙，双目含愁，不胜凄楚地说，"我忍耐着，我等待着。而你，你却逼得我非说出来不可！不顾羞耻地说出来！否则，你会不管三七二十一地把我硬塞给别人了！哦，志远！"她喊，"你多么残忍！"他再也受不了这一切，再也按捺不住心头的狂喜、歉疚。那压抑已久的热情，像突破了堤防的洪水，迅速间如瀑布般奔流宣泄。他低下头来，就紧紧地、紧紧地抱住了她。他的嘴唇，也紧紧地、紧紧地压在她的唇上。在这一瞬间，没有天，没有地，没有宇宙，没有罗马，没有志翔，没有丹荔，没有日内瓦……世界上只有她！那九年以来，一直活跃在他心的底层、灵魂的深处、思想的一隅的那个"她"！

好半天，他放开了她，她脸上绽放着那么美丽的光华！眼底燃烧着那样热情的火焰！他长长地叹了口气。

"我有资格拥有这份幸福吗，忆华？我没有做梦吗？这一切是真的吗？"她低低地说了句："奇怪，这正是我想问你的话!"

"哦!忆华!"他大喊,"这些日子来,我多笨,多愚蠢!我是天下第一号的大傻瓜!幸好志翔被那个见鬼的丹荔迷住了,否则,我会有多后悔呵!"

"为什么——"她悄声问,"一定要把我推给志翔?"

他默然片刻。"我想,因为我自惭形秽!一切我失去的、没做到的事,我都希望志翔能完成!自从志翔来了,我在他身上看到自己的影子,好像是死去的我又复活了。于是,一切最好的东西,我都希望给志翔,一切我爱的东西,也都希望给志翔。"他瞅着她。"不幸,你正好是那个'最好的',又正好是那个'我爱的'!"她啼笑皆非地望着他。

"我简直不知道该为你这几句话生气,还是为你这几句话高兴!"她说。一声门响,老人嘴里叽里咕噜着走进来了。两个年轻人慌忙分开,忆华的脸红得像火、像霞、像胭脂。老人瞪了他们一眼,不经心似的问:"志远,你把我女儿的眼泪治好了吗?""唔。"志远哼了一声。

老人走到墙边去,取下一束皮线,转身又往屋外走,到了门口,他忽然回头说:"志远,咱们这丫头,从小就没娇生惯养过,粗的,细的,家务活儿,她全做得了,就是你把她带回台湾去,她也不会丢你的人。你——这小子!走了运了!可别亏待咱们丫头!"

志远张口结舌,还来不及反应过来,老人已对他们含蓄地点了点头,就走出去了。然后,他们都听到,老人欣慰的、如卸重负的一声叹息。这儿,志远和忆华相对注视,志远伸过手去，把她重新拉进了怀里，她两颊嫣红如醉。抬眼望着志远，她用手轻抚着志远的下巴："你太瘦了，志远。不要工作得那么苦好吗？爱护你自己的身体吧！就算你为了我！"

一句话提醒了志远，他想起什么似的说：

"哎呀，今天要去取消休假！"

"取消休假？"忆华怔了怔，"即使没有志翔，我们也可以出去旅行的，是不是？"志远抱歉地看着她。"不休假可以算加班，待遇比较高。忆华，我们来日方长，要旅行，有的是时间，对不对？可是，志翔的学费，是没有办法等的，一开学就要缴。"

"他不是去找工作了吗？"

"你真以为他能在日内瓦找到工作？"志远问，"何况，他是艺术家，艺术家生来就比较潇洒，他吃不了苦。我呢，我已经习以为常了。""志远……"她欲言又止。

"别劝我，好吗？"他温和而固执地说，"我已经把原来准备给他的、世界上最美好的那样东西据为己有了，我怎能再不去工作？"她轻叹了一声，无可奈何地望着他。

"志远，你真死心眼，志翔从没有认为我是世界上最美好的，他有他的幸福，他有他的丹荔，你懂吗？你并没有掠夺他的东西，你不必有犯罪感呀！"

"我有。"志远固执地说，"而且，我还有责任感，如果志翔不能学有所成，不是他一个人的失败，是我们兄弟俩的失败！忆华，"他语重而心长，"帮助我！帮助我去扶持他！只有当他成功的时候，我才能算是——也成功了！"

忆华凝视着他，感动地、辛酸地、怜惜地凝视着他，终于，她点了点头，把面颊悄悄地倚在他的胸膛上。

第十六章

志翔在日内瓦，真的找到工作了吗？

是的，正像志远所预料的，他并没有找到工作。但，他的没有工作，并不完全是由于工作的难找。首先，丹荔要负责任，她根本没有真心要给志翔找工作，只是把他弄到瑞士再说。其次，是瑞士的本身，这号称"世界花园"的国家，又一下子就让志翔迷惑了。初到日内瓦，志翔被丹荔安排在日内瓦湖畔的一家豪华旅馆中。"别担心费用，"她满不在乎地说，"这家旅馆我爸爸有股份，我家的朋友来日内瓦，都住在这儿，不算钱的！平常人来住的话，要四十块美金一天呢！"

他很不安，很不愿意，但在日内瓦人地生疏，不住也无可奈何。而丹荔用那么可爱的眼光望着他，用那么甜蜜的声调哄着他，用那么温柔的面庞依偎着他，不住口地说：

"好人！别着急呵！好人，别生气呵！好人，别耍个性呵！好人，你先住着，咱们慢慢找工作呵！好人！找工作以前，你总应该先陪我玩玩吧！""第一件事，"志翔说，"我应该去拜望你的父母！其他的事，我们再慢慢商量！""好吧！"丹荔顺从地说，"你明天晚上来我家！我开车来接你！""你会开车？"他惊奇地问。

"开车、骑马、滑雪、溜冰……我样样都会！我是十项全能！只是念书念不好！你惊奇个什么劲儿？在罗马我本想买辆车的，怕你又嫌我招摇，所以车子也不敢买！唉！"她叹口气，认真地说，"为了你，我连个性都改变了，我想，我真是命里欠了你的！"于是，第二天晚上，志翔终于见着了朱培德夫妇。显然，丹荔已经在父母身上下了相当大的功夫。朱培德夫妇的态度温和、言语亲切，与志翔所料想的完全不同，他们既没有摆长辈架子，也没有仗势凌人的气派。在那豪华的客厅里，他们倒是谈笑风生的，对女儿这个男友，丝毫没有刁难。

事实上，朱培德在见到志翔的第一眼，就已经喜欢上了这个年轻人，高而帅的身材，浓眉大眼，挺直的鼻梁，外形上，就是个漂亮的小伙子！女儿的眼光果然不错！再加上志翔彬彬有礼，应对自如。既不像丹荔以前那些男友那样流里流气、目无尊长，也不像丹荔所形容的是"画呆子""书呆子""雕刻呆子"。他一点也不呆，一点也不木讷，有问有答，坦白而大方。女儿迟早是会恋爱的，朱培德深知这一点。但恋爱的结果是不是婚姻就很难预料了，这一代的年轻人是多变的，这一代的年轻人也是不负责任的，这一代的年轻人更是游戏人生的。对他们而言，"恋爱"也是游戏的一种。可是，朱培德知道丹荔这一次没有"游戏"，非但没有"游戏"，她已经深深陷进去了。这男孩子能让她在罗马住上好几个月，就一定有他特殊的地方。何况，丹荔一回家就说过了：

"爸爸，妈！你们如果给他脸色看，或者找他麻烦，我——我就自杀！"她自幼就知道如何挟持父母，但是，为了男孩子，一再用"自杀"这种严重的字眼，却是第一次。

现在，见到了这个年轻人，又和他谈了话，朱培德有些了解他何以会征服丹荔的原因了，但是，他也使这对父母惊愕而困扰了。"你想在日内瓦找工作吗？"朱培德说，"难道丹荔没有告诉你，在这儿找工作是很难的，别看瑞士是个永久中立国，他们仍然排斥东方人。"志翔对丹荔看了一眼，丹荔缩到她母亲背后去了。

"丹荔说找工作很容易！"

看样子，丹荔是把他骗到瑞士来的，朱培德心里有了谱，他点点头，慢吞吞地说："不忙，让丹荔先带你观光一下日内瓦，工作可以慢慢找，我想，我那银行里可能有办法，你会会计吗？"

"不会。""打字呢？""也不会。""爸！"丹荔插进来说，"他除了画画和雕刻，什么都不会，你给他找一个画画或雕刻的工作。"

"别麻烦了，朱伯伯！"志翔很快地说，"我学的和您所需要的人完全是两回事，我不希望你们因为丹荔，给我安排一个拿薪水而没工作的闲差事。我想，我自己会解决这问题。我今天来，不是来找工作的，是特地来拜访伯父伯母。所以，关于工作的问题，我们还是不谈吧！我看到湖边有许多路边咖啡馆，实在不行，我可以去端盘子！"

"你还可以去砸盘子。"丹荔忍不住，轻声轻语地说了句。

志翔瞪了丹荔一眼，微笑着说：

"在伯父伯母面前，你怎么也不给人留点面子！"

朱培德含笑地看着志翔。

"这就是学艺术的悲哀，"他说，"你知道我学什么的？我以前在剑桥学英国文学，拿到硕士学位，结果我从了商，改了行，在银行界占上一席之地。艺术、文学、音乐都一样，是最好听的名称，也是最不实用的。我说得坦率，志翔，你可别介意。""我不介意。我学艺术，不是为了出路，不是为了生活，而是为了狂热！我疯狂地热爱艺术，它像是我血液的一部分！"

"但是，生活是现实的，有一天，这现实问题会压到你的肩上来。例如，毕业以后，你预备做什么？"

"可能再专门进修雕塑。"

"好，修完以后呢？""就画画、雕塑。回台湾，把我所学的，去教给另一代年轻人。"朱培德怔了。这答案是他在一千个答案里，也不会去选中的。他怔怔地看着志翔，呆在那里。朱太太却有点心慌意乱，凭一个母亲的直觉，她知道丹荔对这男孩子已经认了真。而这男孩子，却要跑到一个遥远的角落里去。

"志翔，"她说，"你很爱台湾吗？"

"那儿是我的家。"志翔坦白地说，"家是什么？家就是你无论离开多久，仍然想回去的地方。而且，或者我自幼受的教育不同，我总觉得，我不能数典忘祖！"

朱培德震动了一下。"你话里有什么特殊含意吗?"他深思地问。

"朱伯伯，您别多心，我知道您已入了瑞士籍，我想，人各有志，您有您的看法，我不容易了解。或者，您觉得，除了瑞士，这世界上没有一片安乐土，事实上，在我看来，瑞士也不见得是安乐土！我是从台湾来的，说真的，在我出来以前，我对台湾也有些不满，现在呢? 我只能告诉您，我想它，爱它，不只爱它的优点，也爱它的缺点！因为，只有在那儿，我觉得才是我自己的家乡！"

朱培德凝视着他，真的出起神来了。

这次的见面，不能说是很顺利，但是，也没有什么不顺利。对志翔来说，他并没有安心去讨好朱培德夫妇，他表现的，是十足的他自己。对朱培德来说呢? 事后，丹荔这样告诉了志翔："小翔子，你的一篇话，害我爸爸和妈妈吵了一整夜！辩论了一整夜！""怎么了?""爸爸说你很狂，很傲，但是，说的话并不是没道理。妈妈说你只会唱高调，还没有成熟。爸爸主张让我和你自由发展，妈妈主张把我送到澳大利亚去，以免和你再交往。爸爸说女儿要恋爱，送到非洲也没用，妈妈说，女儿和这穷小子恋爱，总有一天会飞得远远的。她不认为非洲和台湾有什么不同。爸爸说妈妈目光短浅，说不定这小伙子大有前途，妈妈说爸爸脑筋糊涂，要断送女儿终身幸福！爸爸说……"她喘了口气，"哎哟，反正爸爸这么说，妈妈就那么说，妈妈那么说，爸爸就这么说……"志翔忍不住笑了起来。

"结论呢？"他问。"结论呀，"丹荔指着他的鼻子尖，"你如果不是好人，就是坏人！你如果不是有前途，就是没前途！你如果和我不是有结果，就是没结果……"

"这不是废话吗？""本来嘛！这种辩论永不会有结论的！又不是法官审案子！"她攀着他的手臂，"我们去湖边饱看天鹅，好吗？我们去游湖去，好吗？你瞧，我为你准备了什么？"她取出一大沓画纸和一盒炭笔。志翔的眼睛发亮了。"啊哈！"他叫，"小荔子！你实在是个天才！"

"瑞士是世界花园，你既然来了，怎么可以不画？"丹荔挑着眉毛说。于是，接下来的日子里，画湖，画花，画天鹅，画古堡，画山，画游船，画花钟，画溪流，画木桥，画纪念塔……时间就在画里流逝，一日又一日。

当志翔惊觉到暑假之将逝，而自己的"工作"仍无踪影时，丹荔用那么可爱的声音对他说："反正，暑假已经快完了，你找到工作也做不了几天！咱们还不如上山去！""上山？""附近你都玩遍了，我们上山去，可以滑雪，可以坐缆车，可以从一个山头吊上另一个山头，包你会喜欢得发疯！在山顶上，你看下来，才知道瑞士真正的美。"

他被说动了，于是，他又上了山。

在山上的小旅馆里，他们一住多日，那山的雄伟，那积雪，那一片皑皑的白，志翔眩惑了，沉迷了。何况，身边有个娇艳欲滴、软语温存的丹荔！她教他滑雪，当他摔了一鼻子雪时，她笑开了天，笑开了地，笑开了那皓皓白雪的山！在那些乐不思蜀的日子里，他偶尔会想到志远，想到在歌剧院里扛布景的志远，想到在营造厂里挑水泥的志远……可是，只要他眉头稍稍一皱，丹荔就会迅速地把嘴唇印在他的眉心上。他又忘了志远，忘了罗马，或者，是强迫自己去"忘"！

欢乐的时光和恋爱的日子，是那么容易飞逝的、迅速的，日内瓦公园中的梧桐树，叶子已经完全黄了，梧桐叶子落了一地。志翔和丹荔下了山，欢乐仍然充溢在志翔的胸怀里。

然后，这天晚上，他走出旅馆，正要去赴丹荔的约会，他答应和丹荔去一家餐厅吃瑞士火锅。可是，才跨出那旅馆的大门，他就一眼看见了一个人，满面风霜地斜靠在旅馆门口的柱子上，穿着一件灰色的风衣，天上飘着些细雨，他就站在雨地里，头发上缀着雨珠，肩上的衣服已被雨湿透。他静静地站在那儿，静静地望着志翔。

这是志远！憔悴、消瘦、苍白，而疲倦的志远！

志翔觉得脑子里轰然一响，惭愧、懊悔、痛楚一起涌上心头，他站着，呆望着志远。好一会儿，兄弟两个就对视着，然后，志远走近了他，轻轻地把手放在他手腕上。

"志翔，已经开学三天了！我找你找得好苦，如果没有机构帮忙，我真不知道如何找你！"他望着弟弟。那么温和，那么平静，"走吧！你该跟我回家了！是不是？"

志翔咬紧了牙，霎时间，惭愧得无地自容。他一句话也没有说，就跟着志远走了。

在去罗马的火车上，他写了一张简短的明信片给丹荔，里面只有寥寥数语：

丹荔：

我走了！

在哥哥和你之间，我终于选择了哥哥！因为，他代表了真理和至情至性，我何幸而有哥哥，你又何不幸遇到了我！

别再到罗马来找我，我们毕竟属于遥远的两个世界！去澳大利亚吧！去非洲吧！

祝福你！小荔子！

志翔

第十七章

　　于是，志翔又恢复了上课，又在素描、油画、水彩，和雕塑中度着日子，他把生活尽量弄得忙碌，他选修了许许多多的学分，本来要用两年才修得完的学分，他集中在一年内全选了。只有忙，可以使他忘记丹荔；只有画和雕塑，可以稍稍医治那内心深处的痛楚。但是，即使这样，他仍然消瘦了，憔悴了，脸颊上也失去了往日的光彩和笑痕。深夜，志远常被他的辗转反侧惊醒，睁开眼睛，志远听着他的蒙眬呓语。于是，志远坐起来，燃上一支烟，这些日子，志远常被胃痛困扰，夜里也是很难熟睡的。他吸着烟，注视着夜色里的志翔，在窗口所透入的、微弱的灯光下，志翔那张睡不安稳的脸显得那么苦恼，那么孤独，这刺激了志远的神经，使他默默地出起神来。他已经拥有了忆华，他将用什么去填补志翔心灵上的空虚？这样想着，他那内疚的情绪就又涌了上来，折腾着他，折磨着他，折腾得他的胃都翻搅了起来。在这种难以再入睡的时光里，他会一支接一支地抽着烟，那烟味弥漫在屋内，终于弄醒了志翔。志翔坐起身子，伸手开了灯，惊愕而担忧地望向他："哥，是不是胃又痛了？"

"不，不！"他慌忙地说，"我听到你在说梦话！"

"是吗？"志翔倒回枕上，仰躺着，把手指交叉着枕在脑后，他深思地看着天花板。"是的，我在做梦。"

"梦到什么？""梦到……"他犹豫了一下，"梦到很多很多人，很多很多事，梦里的影子总是重叠着，交叉着出现的。梦到爸爸、妈妈，梦到我们小时候，梦到高伯伯和忆华，梦到我的教授和雕刻，梦到……"他的声音低了，咽下去了，他眼前浮起丹荔的眼睛，热烈、愤恨、恼怒而疯狂地盯着他，他猝然闭上了眼睛。志远深深地吸了一口烟，悄悄地望着他。

"听说，你的教授把你那个《少女与马》的铜雕，拿去参加今年的秋季沙龙了，是吗？"

志翔震动了一下。"你怎么知道？""你的事，我怎么可能不知道？"志远微笑着，"你为什么瞒着我？想得了奖之后，给我一个意外的惊喜吗？"

"不，不是的。"志翔坦率地说，"我是怕得不了奖，会让你失望，还是不告诉你的好！"

"你不能没信心！志翔！"志远热烈地说，"你那件雕刻品又生动又自然，我相信它会得奖！"

"瞧！你已经开始抱希望了！"志翔担忧地微笑着，"你知道我的教授怎么说吗？他说，以一个东方人的作品，能有资格参加这项比赛，就已经很不错了！言下之意，是不要我对它抱什么希望！""可是，你仍然抱了希望，是不是？"

志翔沉默了片刻。"人生，不是就靠'希望'两个字在活着的吗？"他低语，"如果我说我没有抱希望，岂不是太虚伪了？"他伸手对志远说："哥，也给我一支烟！"

志远握住了志翔的手。

"不，我不给你烟！烟会影响你的健康！志翔！"他深沉地、热烈地说，"我知道你好烦好烦，我知道你有心事，我知道你不快活，告诉我，我怎样可以帮助你？"

"哦！没有的事！"志翔懊恼地说，"大概就因为这秋季沙龙的事吧！""放心！"志远紧握了他一下。"你会得奖！"他又摊开志翔的手。"你有一双艺术家的手！标准的艺术家的手！你会得奖！"志翔抽回了自己的手。

"哥！你比我还傻气，我是闭着眼睛做梦，你是睁着眼睛做梦！"他伸手关了灯，"睡吧！好吗？你每次睡不够，胃病就会发！知道不许我抽烟，为什么不也管管自己呢？看样子，我还是要让忆华来管你！"

忆华！志远心里又一阵内疚。

"志翔！"他小心地说，"你不会因为忆华而……"

"哥！"志翔打断了他，"我到罗马的第一天，就知道忆华心里只有你！别谈了！咱们睡吧！"

志远不再说话，暗夜里，他听着志翔那起伏不定的呼吸声，知道他也没有入睡。他有心事，志远知道，绝对不止秋季沙龙的事情！那么，是为了那个不中不西的女孩吧！他摇摇头，强迫自己不去想那个女孩。没关系，只要志翔能得奖！这"奖"必然可以治愈各种病痛！只要志翔能得奖！他兴奋了起来，想着那《少女与马》。那雕刻品又美又生动，那是一个艺术家的杰作，只要评审委员稍有眼光，他一定会得奖，那么，他会是第一个在艺术界得奖的中国人！闭上眼睛，他睡了，这夜，他也有梦，梦里是满天飞舞的奖章、奖状、锦旗和银盾！十一月，消息传来，志翔落选了！非但那件作品没有得奖，它连"入选"的资格都没拿到，它不但落选，而且落得很惨！没有人评论它，没有人重视它。当教授歉然地把那《少女与马》交还给志翔的时候，只说了句：

"不要灰心！继续努力！奖并不能代表什么！"

不能代表什么吗？对志翔来说，却代表了"失败"。坐在小屋里，他打开了志远的香烟盒，燃起了一支，他闷坐在那儿吞云吐雾。志远焦灼地在屋里走来走去。骂艺术沙龙，骂评审委员，骂艺术评论，骂报纸……骂整个罗马有"种族歧视"！最后，他把手重重地按在志翔肩上：

"男子汉大丈夫，能屈能伸！这一点点小失败就把你打倒了吗？站起来，再去画！再去雕！再拿作品给他们看！志翔！你有天才，你有能力！你有狂热！你会成功！你一定会成功！别这么垂头丧气，让一个秋季沙龙就把你的雄心壮志给毁了！我告诉你，秋季沙龙得不了奖，你再参加冬季；冬季得不了，你再参加春季；春季得不了，你再参加夏季！你做下去！画下去！雕下去！总有一天，你会得到重视的！振作一点吧！志翔！"志翔把头埋在手心里，手指插在乱发之中。半晌，他才抬起头来，他的面容憔悴得让人心痛。

"哥哥!"他安安静静地说,"你不要骂罗马的艺术界,我今天去看了那些得奖和入选的作品,它们确实不平凡!我难过,不是为了我没得奖,而是为了我作品的本身,我距离他们还太遥远太遥远。我的作品,只是一个外观的美和精工的雕琢。我早就发现过我的问题,它们缺乏生命,缺乏力的表现!而我,不知道如何才能把我缺少的这些东西加进去!"

志远深深地凝视着志翔。

"志翔,时间还多的是呢!你才来罗马一年多,你希望怎么样?没有一个艺术家能不付代价就成功的!如果你知道自己问题的所在,也就离你的成功不远了!"

"哥哥!"志翔仰望着志远,诚恳地、深沉地说,"在你的嗓子坏了之前,你曾经怀疑过自己的价值吗?我的意思是说,自小,我们被认为优秀,被认为是天才,当你真正看过这个世界,看到这么多成功的人物以后,你会不会发现自己的渺小?"志远迎视着志翔的目光,默然不语,他沉思着。好一会儿,他才走过去,坐在志翔的对面,慢慢地、低低地、清清楚楚地说:"我了解你的感觉。天外有天,人外有人。我们不再是在中学里参加学校的比赛,我们要睁开眼睛来看别人,更看自己,越看就越可怕。我了解,志翔。你问我有没有怀疑过自己的价值,我也怀疑过。可是,志翔,怀疑不是否定,你可以怀疑自己,但不能否定自己!'怀疑'还有机会去追寻答案,'否定'就是推翻自己!志翔,你既然怀疑,你就尽量去追寻答案,但是,千万别否定!"

志翔看着志远,眼里逐渐闪耀起一抹眩惑的光芒。然后,他由衷地、崇拜地说："哥！你曾经让我感动，让我流泪，让我佩服，但是，从来没有一刻，你使我这么安慰！"

志远笑了，眼眶潮湿，什么话都没说，只是鼓励地、了解地在志翔肩膀上握了一下，那是大大的、重重的一握。

志翔又埋头在他的雕塑里了，志远也努力工作。表面上，一切又恢复了平静，可是，志远却深深体会到，志翔染上了严重的忧郁症，而这病症，却不是他或忆华，或高祖荫所能治疗的，甚至，不是绘画和雕塑所能治疗的。

然后，有一天黄昏，志远从营造厂下完班回来，他心里还在想着志翔，停好了自己的小破车，他钻出车子，拿出房门钥匙，他走上了那咯吱发响的楼梯，立即，他呆住了。

有个身材娇小的少女，正坐在自己的房门口，双手抱着膝，她一动也不动地坐在那儿，短发，小小的翘鼻子，薄薄的嘴唇——像志翔的雕塑品。她穿了件枣红色的绒衬衫，同色的裙子，外面加了件纯白色的小背心，肩上披着件白外套，好出色，好漂亮。志远怔了怔，站在那儿，心里有点儿模糊地明白，在罗马，你不容易发现东方女孩！

那少女慢慢地抬起头来了，她依然坐在那儿不动，眼光却一眨也不眨地望着志远。志远不由自主地一震，这少女面颊白皙，眉清目秀，脸上，没有丝毫脂粉，也无丝毫血色，她似乎在生病，苍白得像生病，可是，她那眼光，却像刀般地锐利，寒光闪闪地盯着他。

"你就是陈志远，是吗？"她问。冷冰冰的，脸上一无表情。"是的，"他答，凝视着她，"想必，你是朱丹荔了！你是来找我，还是来找志翔？"

"我来找你。""找我？"他一怔，用钥匙打开了房门。"进来谈谈，好不好？"丹荔慢吞吞地站起身子，慢吞吞地走进了室内，她站在屋子中间，肩上的外套滑落在地板上，她置之不理，只像座化石般挺立在那儿。志远拾起了外套，放在沙发上，心里有点微微的慌乱，他从来不知道该如何应付女孩子。尤其，是这个女孩子！她神情古怪，而面容严肃。

"你要喝什么？咖啡？"他问。

"免了！"她简单地回答，眼光仍然像寒光般盯着他，"我只说几句话，说完了就走！"

他不由自主地站住了，呆望着她。

"我从没想到我需要来看你，"她冷幽幽地说，声音像一股深山里流出来的清泉，清清脆脆，却也冰冷凛冽，"我是个打了败仗的兵，应该没有资格站在这儿和那个伟大的胜利者说话！可是，我不明白自己是怎么打败的？"她停了停，"我来这儿，只是要问你一句，是谁给了你这么大的权力，让你来当一个刽子手！""刽子手？"他愣住了。

"是的，刽子手！"丹荔说道，冰冷的声调已转为凄苦和绝望，"是谁给了你权力，让你来斩断我和志翔的爱情？难道你是个无心无肝无肺的冷血动物？难道你从来不知道什么叫爱情？陈志远，"她点了点头，"有一天你也会恋爱，你也会碰到一个愿意为你活，也愿意为你死的女孩。希望当你遇到那女孩的时候，也有个刽子手跑出来，硬把那女孩从你身边带走！"她扬了扬头，努力遏止住眼泪。一绺短发垂在她额前，在那儿可怜兮兮地飘动。"你就那么残忍吗？"她扬着睫毛，继续问，"我不懂，你只是他的哥哥，为什么你不能和我和平共存？我们一定要作战吗？我到底妨碍了你什么？"

他深吸了口气，在她那悲苦的质问下有些狼狈了。

"不是妨碍我，而是妨碍他！"他挣扎着回答，"如果你那么爱他，不该让他旷课！不该让他沉溺于享受！一个好妻子，或是爱人，都应该有责任鼓励对方向上奋斗！尤其是他！他是来欧洲读书的，不是来度假的！"

她凝视他，那倔强的神色逐渐从她眼底消失，悲苦的神色更重了，她用牙齿咬着嘴唇，咬得紧紧的，半晌，她又开了口，嘴唇上留下了深深的齿痕。

"是这原因吗？"她问，"你可以告诉我，可以教我，我生活在另一种环境里，对'奋斗'的了解太少。可能我很无知，很幼稚，可是……可是……"她的嘴唇颤抖着，眼泪终于夺眶而出。"我的爱情是百分之百的！"她叫着，"我因他的快乐而快乐，因他的悲哀而悲哀！如果我不懂得如何去鼓励他，你可以教我，为什么一定要把我打进地狱？难道我进了地狱，他就能安心奋斗了？"她再扬了一下头，转过身子，她往屋外冲去，志远追过去，一把抓住她。"你到哪里去？""去自杀！"他慌忙拦在门前面。"你不许走！"他粗声地说。

"我为什么不许走？"她愤怒地、胡乱地叫着，"你是他的哥哥，你可以去管他！你又不是我的哥哥！"

"是吗？"他低沉地问，深深地望着她，"迟早有一天，你也要叫我哥哥的，是不是？"

她张口结舌，愕然地望着他，泪珠还在睫毛上轻颤，但是，脸庞上已经闪耀着光彩。他对她点点头，语重心长地说了句："我一直在鼓励他向上，但是，我治不好他的忧郁症。丹荔，你愿意帮助我吗？"她发出一声悲喜交集的低喊，就迅速地回过头去，背对着志远，把整个面颊都埋到手心里去了。

　　于是，这天志翔下课回来，发现志远正在门口等他。

　　"我有礼物送给你，志翔。"

　　"礼物？"他困惑地问。志远微微地推开房门，他望进去，一个女孩背对着门站在那儿，她慢慢地回过头来，悄然地、含羞地、带泪又带笑地抬起了睫毛……"小荔子！"他大叫，冲了进去。

　　志远一把拉上了房门，听着门里一阵似哭似笑的叫闹声。他轻快地跳下那咯吱发响的楼梯，眼眶发热，喉咙发痒，心里在唱着歌。他决定请一晚假不上班，他要去找忆华，和忆华共享一次罗马的黄昏。

第十八章

　　生活又走上了轨道。丹荔住回了她的女子公寓，当然，朱培德夫妇又双双飞来了罗马一次，这次，他们不只见了丹荔，也见了志翔。朱培德明知丹荔已一往情深，不可挽救，只能把她郑重地托付给志翔。"志翔，无论如何，你并不是我选的女婿！我不知道该对你说什么好，丹荔是个宠坏了的孩子，不知天高地厚，也不知人间忧患。本来，我把她从香港接到瑞士，是想让她远离苦难，没想到，她却遇上了你！"

　　"我是苦难的代表吗？"志翔问。

　　"我不知道你是不是，"朱培德回答，"我只知道丹荔和你认识之后，就和眼泪结了不解之缘。以前，她只懂得笑，而现在，你自己看看她吧！"

　　志翔望着丹荔，是的，她变了！不再是布什丝博物馆里那个飞扬跋扈、满不在乎的小女孩，她消瘦憔悴，苍白而痴迷，他感到心里一阵绞痛，脸上微微变了色。

"朱伯伯，我或许是苦难的代表。我和你不同，我身上一直扛着一根大石柱……"他想着志远背上的石柱，觉得朱培德绝不能了解这个比喻。他停了停，换了一种说法："不管我自己有没有苦难，请相信我，我从不想把苦难带给别人，尤其是丹荔！如果丹荔因为我而陷入不幸……"

丹荔一直在倾听，这时，她带着一脸近乎恐惧的神色，扑过来，拦在父亲与志翔的中间，她站在那儿，睁着一对大大的眼睛，紧张地望着朱培德，大声地说：

"爸爸！你少说几句好吗？我告诉你，如果志翔代表的是苦难，离开志翔代表的就是绝望。爸，"她放低了声音，祈求地说，"你让我们去吧！苦难也好，欢乐也好，都是我自找的！我不怨任何人！爸！你发发慈悲吧，我好不容易才把他哥哥收服……""你还要收服他哥哥！"朱培德又惊又怒。"我看，他是世界要人呢！"推开了女儿，他真的被触怒了，瞪着志翔，他问："你能保证我女儿幸福吗？"

"不能！"志翔简短地回答，"我只能保证我爱她！幸福与否，要她自己去感受！""爱？"朱培德涨红了脸，"人人都会说爱字！爱，只是一句空言，除了爱，你还能给她什么？"

"我这个人！""你这个人很了不起吗？"

"我这个人对你、对这世界，都没什么了不起，我只是沧海一粟。但是，对我自己或丹荔，可能是全部！"他盯着朱培德，"我还有一样东西可以给她，但是，你也不一定珍视这样东西！""是什么？""我的国籍！"

朱培德忽然觉得被打倒了，被这年轻的、乳臭未干的

"小子"打倒了！这男孩只用几个字，就击中了他的要害。他瞪着眼，不知该说什么好。而丹荔已经扑了过来，一把抱住父亲的脖子，她把她那柔软光润的面颊依偎在父亲的脸上，亲昵地、娇媚地、可爱地、温柔地说：

"好爸爸，你别生气哩！志翔这人，说话就是这么会冲人的！好爸爸，你就别再说哩！你把他惹毛了，他就会越说越火的！好爸爸，算我不好，我给你赔罪哩！"

这是什么话？他还会被"惹毛"呢！还会"发火"呢！朱培德又生气，又好笑，又无可奈何！面对丹荔那份半焦灼、半哀求、半撒赖的神情，他知道大势去矣！女儿的心已经被这男孩"掳拐"而去，做父亲的还能怎样呢？而且，当他再面对志翔那张倔强、自负的面庞时，他对这男孩的欣赏与喜爱就又在内心中泛滥了。终于，他叹了口气，把丹荔轻轻地推到志翔怀里，说："好吧！志翔！你们的路还长着呢！希望你和丹荔的爱情，经得起时间的考验！"他望向女儿："丹荔！记住，如果受了气啊，家总是欢迎你回来的！"

就这样，丹荔又留在罗马了。

接下来的一段日子，在感情上，兄弟两个都情有所归，各有所爱。在生活上，却都艰苦得可以。志翔的功课越来越重，每天都忙到三更半夜，雕塑，绘画，艺术理论……他急于要在暑假前，修完他的学分，拿到那张毕业证书。志远却忙于工作，他有他的想法，志翔毕业，并不就代表"成功"，也不代表"完成学业"，他希望志翔能进一步去专攻雕塑，罗马有许多著名的雕刻家，都收弟子。如果志翔能得名师指导，说不定会有大成就！于是，他工作得更苦了。三月以后，歌剧院的季节结束，他就从早到晚都在营造厂做工，从早上八点做到晚上六点！志翔被他的"苦干"弄火了，他叫着说：

"哥！你再这样卖命，我从明天起就休学！你近来脸色越来越黄了，胃病也不治，咳嗽也不治，又抽烟又喝酒，你如果把身体弄垮了怎么办？我告诉你，你再不休假，我明天就不上课！""哈！"志远笑着，"真是物以类聚！"

"什么意思？"志翔问。

"你现在说话，也学会了撒赖，和丹荔一模一样！"

志翔笑了，把手放在志远胳膊上，认真地说：

"别开玩笑，哥。你在营造厂等于是卖劳力，你难道不能找点教书的工作吗？""我没有资历教书，"志远坦白地说，"他们也不会用一个东方教员，假如我不卖劳力，我只能去餐厅打工，那待遇又太少了。你知道，志翔，"他温和地说，"爸爸下个月过六十大寿，我们总得寄一笔钱回去给他们光彩光彩，是不是？两个儿子都走了，他们唯一安慰的时刻，就是收到我们的支票，知道我们兄弟都混得不错的时候。"

"假如爸爸妈妈知道，这笔钱是你卖了命，挑土抬砖去赚来的……""志翔，"志远哑着嗓子叫，严厉地盯着志翔，"你敢写信提一个字……""我当然不敢！"志翔说，"所以，我写回家的信也越来越短了。难怪妈来信说，以前是志远一个人'发电报'回家，现在是和志翔两个人一起'发电报'回家！"他叹了口气，"不过，现在好了，也快挨到我毕业了，等我毕了业，你总没道理再阻止我找工作，那时我们一起做事，积攒一点钱，还清家里为我们所欠的债务，也就该回家了！"

"回家？"志远喃喃地念着这两个字，好像这是好深奥的两个字，他脸上有种做梦似的表情。半晌，他才说："志翔，我们到时候别吵架，你毕业之后，还是不能工作！你要把你的雕刻完全学好！所以，我已经想过了，毕业并不能代表成功！你说的，你的雕塑缺少很多东西，我打听了，你可以跟一位著名的雕刻家学雕刻……"

"哥，你疯了！"志翔大叫，"你知道学费有多贵！你知道……""我知道！我都知道！"志远说："可是我坚持这样做，你有天才，你学得出来！至于我呢？你看，我的肌肉还很发达，我的身体还很健康，那一点点工作难不倒我！你如果尊重我……""尊重！尊重！"志翔怒气冲冲地大吼了起来，"我不能再由你来摆布！我再也不听你这一套，我如果继续这样来'尊重'你，就等于是在谋杀你！我跟你说，我决不！决不！决不！""志翔！你要讲理！""讲理？"志翔激动得脸都红了，青筋在额上跳动。"我讲理已经讲够了！不讲理的是你！哥哥，别逼我，这两年来，我生活得太痛苦了，每每想到你是在忍辱负重地栽培我，我就觉得快要发疯了！哥哥！你讲讲理吧！你拿镜子照照，看看你自己，面黄肌瘦，双目无神……"

一声门响，忆华走了进来，志翔住了嘴，愤怒和激动仍然写在他的脸上，忆华诧异地说：

"志翔，你们兄弟两个又在吵架吗？"

"吵架？是的，我们在吵架！"志翔愤愤然地吼着，"忆华，你去对哥哥说，你去跟他讲个明白！如果他再固执下去，再不爱惜他自己的身体，我告诉你！"他忍无可忍地冲口而出，"你在没有成为我的嫂嫂之前，就先要为他披麻戴孝！"说完，他冲出了屋子，砰然一声带上了房门。

忆华看着志远："这是怎么回事？""我要他毕业后去专学雕塑。"

忆华走近志远，用手捧起志远的头，仔细地审视他的脸，然后，她坐在志远身前的地板上，把面颊轻轻地依偎在他的膝上，泪水缓缓地从她眼里溢了出来，浸透了他的长裤。他慌忙用手揽住她的头，急急地说：

"你怎么了，忆华？你别受志翔的影响，我好得很，我真的好得很，最近，也没犯胃痛，也没犯咳嗽，真的！忆华！"

忆华用手紧攥住他的手。

"志远，我并不想劝你什么，我只是想知道，"她呜咽着说，"你这副重担，到底要挑到何时？"

志远用手臂环绕着忆华的头。

"忆华，这么多年了，你还不了解我的个性吗？"

忆华抬起带泪的眸子瞅着他："就因为我太了解你，我才怕……"

"怕什么？""怕……"她用力地、死命地抱住他，"怕志翔不幸而言中！""笑话！你们何苦安心咒我？"志远恼怒地说。

"那么，"忆华祈求地注视着他，"辞掉你的工作，休息一段时间吧，我和爸爸，还有点积蓄……"

"忆华！"志远严厉地打断了她，"你把我当成什么样的人了？你以为我会辞去工作，用你父亲的血汗钱？如果我是这样的男人，还值得你来爱吗？忆华！别提了，我们到此为止！对我工作的事，不许再讨论一个字！听到了吗？"他望着忆华那对凄楚的、深情的眸子，猝然地把她拥在胸前，"对不起，忆华，我不是安心要对你吼叫。放心吧！好吗？我的身体结实得很，我不会让你……"他笑了，开玩笑地说，"当寡妇！"

忆华骤然感到一阵寒战，她一伸手，迅速地蒙住了他的嘴，脸色发白了。志远笑了笑，甩甩头，他说：

"奇怪！就许你们胡说八道，我说一句，你就受不了！"他吻住她，嘴唇滑过她的面颊，溜向她的耳边："放心，"他低语，"我会为你长命百岁，活到我们的孙子娶孙媳妇的时候！"

她含着泪，却被这句话逗得笑了起来。

"那会是多少岁了？""让我算一算，我今年三十四，明年和你结婚的话，后年可以有儿子了，儿子二十岁生儿子，我五十六，孙子二十岁生儿子，我七十六，曾孙二十岁结婚的话，我是……"他装成一个没牙老公公的声音怪腔怪调地说，"老夫是九十六的人了！老婆子，你说咱们活到九十六，是够呀还是不够呢？"

忆华忍俊不禁，终于扑哧一声笑了出来，含羞地把头藏进了他的怀里。

第十九章

终于，来到了这一天，志翔毕业了。

怎样的安慰，怎样的欢乐，怎样的狂喜啊！当志翔拿到了那张毕业证书，听到一片恭贺之声，看到志远含泪的注视，和听到他那发自内心深处，和泪呼出的一声意大利文：

"里千加多（Licenziado）！"

这句话翻成中文的意思是"硕士"，事实上，在意大利，艺术没有"硕士""博士"等学位可拿，这只是一个称谓而已。但是，要博得这声称谓，却要付出多少代价！志翔的眼眶不由自主地发热了，不为了自己，而为了那"望弟成龙"的哥哥！艺术学院的毕业典礼是很简单的，或者，学艺术的人本身就不喜欢拘泥于形式，因此，除了取得一纸证书外，并没有什么隆重的仪式。但，当晚，在高祖荫家里，却是灯烛辉煌的。忆华烧了整桌的菜，开了一瓶香槟、一瓶白兰地。这也是丹荔第一次正式拜访高家。

丹荔穿了件大领口的白色麻纱衬衫，领口和袖口都绣满了花朵，下面系着一条红色拖地的长裙，头发上绑了根绣花的发带，耳朵上坠着副圈圈耳环。颇有点吉卜赛女郎的味道。她笑，她叫，她喝酒，既不腼腆也不羞涩，大方灵巧得让人眩惑。忆华呢？穿了件浅蓝色有小荷叶边的长袖衬衫，蓝格子的长裙，依然长发垂肩，依然恬静温柔。她不大说话，却总用那对脉脉含情的眼光看着志远。高祖荫开怀畅饮，喝得醉醺醺的，一面悄然地打量着这两个女孩，不能不赞叹造物者的神奇！它造出迥然不同的两个少女，造出迥然不同的两种美，然后，再把她们分配给一对最杰出、最优秀的兄弟！

志翔捧了一满杯的酒，绕过桌子，走到志远的面前，他双手捧杯，满脸激动，眼睛灼灼发光，喉咙哽塞地说：

"哥哥！我敬你一杯！为了——一切的一切！"他仰头把酒杯一饮而尽。"志翔，"志远已经有了三分酒意，举起自己的杯子，他也一饮而尽，"你不要敬我，我应该敬你，今天，你知道你完成了什么事吗？你完成了我十年来的期望！十年的异地流浪，十年的天涯漂泊……志翔！如果没有你，我这一生是白活了！我敬你一杯！"他又举起杯子。

忆华悄悄地握住了他的手腕。

"我代你敬好吗？"她柔声问，"你已经喝得太多了！"

"忆华，"志远眼眶潮湿地望着她，"今晚，你就让我放量一醉吧！人生难得几回醉！你知道吗？这个喜悦的日子，是我期待了十年的！十年，多么漫长的一段岁月！我怎能不醉一醉呢？"他再干了杯子。

丹荔笑意盎然地站起来，对志远说：

"我也敬你一杯！为了化敌为友！"

"你吗？"志远瞪着她，"既然是敬我，丹荔，你总得称呼我一声吧！""那么，"丹荔调皮地说："我叫你一声：真理先生，至情至性先生！""这是个什么怪称呼？"志远愕然地问。

"问他嘛！"丹荔指着志翔，"他说你是真理，你是至情至性，而我是魔鬼，是撒旦……"

"小荔子！"志翔喊，"谁说你是魔鬼是撒旦了？又睁着眼睛说瞎话！还不赶快罚酒！"

"罚酒就罚酒！"丹荔洒脱地干了杯子，把杯子对志翔照了照，笑着说，"我喝醉了你倒霉！上次在日内瓦的时候，我参加一个宴会，大家把我灌醉了，结果你猜我做了件什么事情？""什么事？""我吻了在座的每一位男士！"

志翔差点把一口酒喷出来，他慌忙抓住丹荔的杯子，连声说："好了！好了！你喝够了！"

老人呵呵大笑了起来。

"志翔，何不让她醉一醉呢，我这老头儿，已经好久没有人吻过了！""是吗？"丹荔扬着眉毛，天真地问。"我不醉也要吻你！"她直飞到老人身边，在他面颊上亲热地、恳切地、热烈地吻了一下，认真地说："我一看你就喜欢，你那么慈祥，那么亲切！比我的爸爸还慈爱！"

"哎唷！"老人乐得眉开眼笑、手舞足蹈了，"怎么人长得那么漂亮，嘴也那么甜呢！难怪志翔要为你发疯了！志翔！"他重重地敲了志翔的肩膀一记，"你好眼光！"

"好，丹荔，我呢？"志远也笑着问。

"你呀，你不行的！"丹荔笑嘻嘻地说，"你是忆华姐姐的专利品！我还没有醉到那个程度呢！"

"那么，你这杯酒敬不敬呢？"

"敬呀！"丹荔再次端起了杯子。

"不忙，"志远说，"咱们间的称呼问题还没解决，你自己说，你应该叫我什么？""好啦！"丹荔的脸颊已被酒染红了。她笑吟吟地举起杯子，一面干了杯，一面盈盈拜下，清脆地喊了声："哥哥！"喊完，她再斟满杯子，一转身就面对忆华，朗声说："敬了哥哥，可不能不敬嫂嫂！嫂嫂，你也干一杯吧！"

这一来，忆华弄了个面红耳赤。她可没有丹荔那么豪放与不拘形迹，慌忙跳起身来，她躲之不及，手足失措，简直不知道该怎么办好，而已经从面孔红到耳朵上去了。老人一看这情形，就呵呵大笑了起来。丹荔却决不饶人，仍然在那儿左一句"嫂嫂"、右一句"嫂嫂"，甜甜蜜蜜、亲亲热热地喊着："怎么？嫂嫂，你不给我面子啊？嫂嫂，我敬你，你也得喝一杯呵。嫂嫂，以后我有不懂的地方，你要多教我呵！嫂嫂，志翔说你是最中国化的女孩，你要指正我呵，嫂嫂。"

"好了！忆华，"志远大声地说，"我弟媳妇诚心诚意地敬你，你就喝了吧，难道你这个'嫂嫂'还当不稳吗？前一阵，我们连孙子娶孙媳妇的事都讨论过了，你现在怎么又害起臊来了！""哎……哎呀！"忆华喊，脸更红了，"志远！你……

你这个人怎么了吗?"这一下,满屋子的人全笑开了。一屋子的笑声,一屋子的闹声,一屋子的酒气,一屋子的喜气。大家在这一片喜气与笑声中,都不知不觉地喝了过量的酒,不知不觉地都有了醉意。事实上,酒不醉人人自醉,在没有喝酒之前,大家又何尝没有醉意!这原是个天大的、天大的、喜悦的日子!

夜静更阑的时候,连老人都半醉了。丹荔忽然提议驾着志远的小破车,去夜游罗马市。

"我们全体去,一直开到国会广场,给那罗马女神看看我们的'里千加多'!"一句疯狂的提议,立即得到疯狂的附议。丹荔那浑身用不完的活力,一直对周围的人群都有极大的影响力量,连那轻易不出大门的老人,都被丹荔硬拖了起来。

于是,一群人都挤进了志远的小破车,那破车那么小,载着五个人简直有人满之患。志远发动了车子,踩足油门,车子一阵摇头喘气,车头直冒白烟,发出好一阵子又像咳嗽又像喷嚏的声音,赖在那儿没有前进的意思。志远用手猛敲方向盘,用脚猛踹油门,嘴里叫着说:

"这车子八成也想喝杯酒!又没伤风感冒,怎么直咳嗽呢?"丹荔把手伸出车窗,挥舞着手臂,大声地叫:

"唷呵!小破车!前进!小破车!发动!小破车!"

那车子好像听命令似的,突然大跳了一下,就往前猛冲而去。于是,一车子都欢呼了起来,叫万岁,叫加油,叫"妈妈米亚"!车子滑过了罗马的街头,经过了巴列泰恩山岗,经过了罗马废墟，经过了康斯坦丁拱门，经过了古竞技场，经过了维纳斯神殿……罗马的广场特别多，每个广场都有四通八达的道路，车子一经过广场，车里的人就伸出手来表示遵行方向。可是，这一车疯狂的人啊！伸出了四五只手来，每只手都指着不同的方向，那可怜的路警，简直被弄昏了头了，而车子却"呼"的一声，冲向了根本没有指示的那个方向。

车子飞快地疾驶，幸好已是夜深，街上车少人稀。那车子显然不胜负荷，每当它略有罢工的趋势，丹荔就扬着手臂大叫："唷呵！小破车！前进！小破车！加油！小破车！"

小破车似乎不敢不听命令，居然摇头喘气地又往前冲去了！于是，丹荔就唱起歌来，唱起一支幼儿园孩子常唱的儿歌"火车快飞！"可是，她把歌词略略改变了：

　　破车快飞！破车快飞！
　　穿过罗马，越过废墟，
　　一天要跑几千里！快到家里！快到家里！
　　爸爸妈妈真欢喜！

由于这歌曲容易上口，一会儿，满车子的人都在重复地唱着"破车快飞，破车快飞"了！这辆车子就这样飞呀飞的，一直飞到了国会广场。

一个急刹车，破车停了，满车的人，欢呼着从车子里冲了出来。他们对着那执矛的罗马女神大呼小叫，对着马卡斯·奥理欧斯的铜雕"示威"。志远把志翔推到那些雕像前面去，大叫着说："今天，是我们瞻仰你！后世，是别人来瞻仰志翔的雕塑品！"他醉醺醺地对那雕像大声解释，"志翔！陈志翔！你知道吗？这是个中文名字，你知道吗？"

"哥哥，你醉了！"志翔跌跌撞撞地去拉他，自己认为没有醉，却不知道为什么一直在那儿傻呵呵地笑着。"哥哥，你别叫！"他笑不可抑，"它是石头，它听不见你的声音！"

"它听得见的！它是神，它怎么听不见！"志远强辩着，继续对那雕像挥拳、示威、大呼小叫。丹荔笑得把头埋进了志翔的怀里。忆华喝得最少，是所有人中最清醒的一个，她不住跑去拉志远的手，志远就像车轱辘般打着转，不停地呼叫：

"米开朗琪罗，米先生，米大师！你也来认识认识我弟弟！罗马之神，埃曼纽，各方无名英雄，恺撒，尼禄，派翠西亚……你们统统来，今晚，是我陈志远请客！我陈志远为弟弟摆了一桌酒席！你们来呀！来呀……"

"志远！"忆华挽着他的手臂，抱他的胳膊，"你们要把警察闹来了！你们要把全街的人都吵醒了！"

"全街的人吗？哈哈！"志远笑着说，"这儿的'人'，只有我们，除了我们，只有罗马的神灵，和罗马的鬼魂，今晚，是一次人、鬼、神的大聚会！哈哈！忆华，你知道吗？"他捏着她的下巴，忽然不笑了，认真地说："今天的人，是明天的鬼，是后天的神，你懂吗？人类的定律就是这样的！像张飞，像关公，都走过这条路。我们，也要走这条路……"

老人坐在议会厅旁的梯阶上，一直在那儿反复地唱着"破车快飞"，他显然对这支歌儿着了迷。

破车快飞！破车快飞！

穿过罗马，越过废墟，

一天要跑几千里！快到家里！快到家里！

爸爸妈妈真欢喜！

他忽然把白发萧然的头埋在臂弯里，哭了起来。忆华慌忙抛开志远，跑过来抱住父亲的头。

"爸爸，怎么了？"她问。

"快到家里！快到家里！"老人模糊地念着，"我要回家，我想回家！""好的，爸爸，"忆华急急地说，"咱们就开车回去！你起来，咱们回家去！""我说的不是罗马的家，"老人呜咽着，"我真正的家！"他又低唱了起来："破车快飞，破车快飞……一天要跑几千里！快到家里！快到家里！爸爸妈妈真欢喜……"

忆华呆住了，愣了，不知道要怎么好。就在这时候，她听到志翔的一声惊呼："哥哥！你怎么了？"她回过头去，正好看到志远倒向那巨大的铜雕，她尖叫了一声，志翔已一把抱住了志远。忆华奔了过来，俯下身子，她看到志远那张惨白的面庞，仰躺在志翔的怀抱中，他还在微笑，在喃喃地说："志翔，你是个大艺术家！"

说完，他的眼睛闭上了。忆华惊叫着：

"志远！志远！志远！你是醉了，还是怎么了？"

丹荔拖住了忆华。"快！我们要把他送医院！他病了！我来开车！快！"

第二十章

志远慢慢地清醒了过来。

睁开眼睛，他触目所及，是一瓶葡萄糖的注射液，正吊在床边上，他有些模糊，有些困惑，这是什么地方？他动了动，有只温柔的手很快地压住了他，接着，忆华那对关怀的、担忧的、怜惜的大眼睛就出现在他面前了。他蹙蹙眉头，想动，但是，他觉得浑身一点力气都没有。他望着忆华，喃喃地问："我在什么地方？""医院里。"医院里？他转头看过去，白色的墙，白色的床单，白色的布幔，白色的屋顶，一切都是白色的。他的手臂被固定在床上，那瓶注射液正一点一滴地注射进他的血管里去。他搜索着记忆，最后的印象，是自己正在国会广场前面对马卡斯·奥理欧斯的铜像演讲，怎么现在会躺在医院里？他狐疑地看着忆华。"我怎么了？"他问。"你病了。"忆华轻声说，握住了他的手。"医生说，你要在医院里住一段时间。""胡说！"他想坐起来，忆华立即按住了他。"别动，你在打针。""为什么要打针？"他皱紧了眉，努力回忆。"我们不是在庆祝志翔毕业吗？我们不是在国会广场吗？对了，我记得我喝了很多酒，我不是病了，我是醉了。"

"你是病了。"忆华低语，凄然地看着他，"庆祝志翔毕业，已经是三天前的事了！""什么？"他睁大了眼睛。

"你在医院里已经躺了三天了，整整的三天，你一直昏睡着。"她用手轻轻地抚弄着他的被单。

"我——害了什么病？"他犹豫地问。

"医生还在检查！""还在检查？"志远不耐烦地说，"换言之，医生并不知道我害了什么病。我告诉你……"他又想起身，但是，周身都软绵绵的不听指挥。他心里有些焦灼，许多年前的记忆又回到眼前，山崩了，雪堆压下来，他被埋在雪里……他摇摇头，摇掉了那恐怖的阴影。"我只是喝多了酒！"

"不，你不是。"忆华说，"医生已经查出来的，是你的胃，胃穿了孔，医生说，一定要动手术，可是……"她迟疑了一下，终于说了出来。"你的肝发炎了，必须先治好你的肝炎，才能给你动手术。""你是说，我害了肝炎，又害了胃穿孔！"

忆华轻轻地点头。"那么，你为什么说医生还在检查？"

"是……是……"忆华嗫嚅着，"医生说，还要继续检查别的部位！"他颓然地倒在枕上，心里隐约地明白，一场大的灾难来临了。他那昏沉沉的头脑，他那不听指挥的四肢，他那一直在隐隐作痛的胸腔，和他那种疲倦，那种无法挣扎的疲倦，都在向他提醒一个事实，是的，他病了！不管他承认或不承认，他是病了！躺在这儿，不能动，不能工作，像一个废物！他深吸了口气，面对忆华。"志翔呢？""他……他……他找工作去了。"

"找工作？"他又想冒火，"我跟他说过……"

"志远！"忆华柔声叫，哀伤地、祈求地望着他，"你别再固执了好不好？医生说……你……你在短时间之内，根本不可能出院。志翔已经毕业了，他很容易找到一个他本行的工作，你就安心养病，别再操心了，好不好？求求你安心养病吧，为了我！好吗？"志远注视着忆华那对盈盈含泪的、哀求的、凄苦的眸子，他的心软了，叹了口气，他抬起那只没有注射的手来，轻轻抚摸她的头发，他的手有一千斤重，只一霎，那只手就软软地垂下来了。他低语："放心，忆华，我很快就会好起来。"

忆华含泪点头，不知怎的，他觉得她的眼光好悲哀、好无助、好凄凉、好惨痛。可是，他无力于再追问什么，疲倦像个巨大的石块，压在他的眉毛上、眼睛上、胸口上、四肢上，闭上眼睛，他又慢慢地睡着了。

不知道睡了多久，他的意识又活动了，蒙眬中，他听到有人在悄声低语，他没有睁开眼睛，已听出那是志翔的声音，在低声说着："……总之，已经是千疮百孔，病源不是一朝一夕了。也怪我太疏忽，早就该强迫他来医院了。反正，现在不能动手术，必须等到他……"志远的眼皮眨了眨，志翔立即就住了口。志远睁开了眼睛，看到志翔站在面前，他那张年轻的、漂亮的脸孔，正对着自己勉强地微笑。在他身边，是充满了青春气息的丹荔，睁着双大大的眼睛呆呆地望着他。他想起那高歌"破车快飞"的丹荔，为什么她今天不笑了？不神采飞扬了？他的眼光掠过了丹荔，忆华依然坐在那儿，却面有泪痕，担忧地瞅着他。室内，灯已经亮了，这是晚上了。

"哥，"志翔俯下头来看他，故作轻快地说，"这下好了！老天强迫你要休息一段时间了！看你还能逞强吗？就是机器人也得休息上油的呀！"志远勉强地笑笑，望着志翔。

"听说你在找工作，找到了吗？"

"是的。""什么工作？""在……就在我的母校当助教，我想，这样最好，教学相长，我仍然可以不丢掉我的艺术。"

志远点了点头，心里安慰了好多。

"待遇不高吧？"他说，"我知道助教的工作都很苦的。但是，没关系，能够不离开本行就最好。"

"我也是这样想，而且，我的教授又介绍了两个美国孩子给我，我教他们初步的素描，算是家庭教师，待遇反而比学校多。""这样，你岂不是太忙了？"

"虽然忙，倒并不苦，"志翔说，"只是晚上要当家教，比较不自由而已。"志远深深地凝视他："现在在放暑假，助教也有工作吗？"

"所以大家都不愿意当助教，教授和讲师都有暑假，只有助教在假期里也要上班，台湾的助教也是这样的。"

志远叹了口气。"好吧！看样子，你要苦一阵了。"他苦笑了一下。"志翔,到底医药费需要多少?""哥,你能不能少操点心?"志翔问。微笑地望着他,"套用一句你常说的话,我负担得起!"

志远笑了。虽在病中,却还有说笑话的兴致。

"志翔,我看,咱们哥儿两个,有点苦命!不是我要养你,就是你要养我!本来,我还想送你去学雕刻的!"

"哥,雕刻可以自修,我所学的已经够了,剩下来的只是自己去努力而已。""那么,别丢掉它!"志远深刻地说,"随时随地,你要自己磨炼自己!"他望向丹荔,笑着:"丹荔,你今天怎么这样沉默?"丹荔注视了他好一会儿,猝然间,她俯头在他面颊上吻了一下,眼眶红红地说:"哥哥,你要快些好起来!""第一次,你这声哥哥叫得心悦诚服!"志远笑笑说,伸手握住忆华的手,他的面容忽然严肃了,"好了!忆华,你们坦白告诉我,我不希望自己被蒙在鼓里,我的病很严重吗?"

大家都怔住了,片刻,忆华才轻声说:

"并不是严重,只是,你要休养很久很久。"

"哥!"志翔咬咬牙说,"我告诉你吧,你的胃已经溃烂了,要动手术切掉一半,现在没办法动手术,因为你的肝有病,你的肺有病,你的心脏也有病!你严重贫血而又营养不良!一句话,你全身都是病!你问严重不严重?是的,很严重!我和医生研究你的病情,研究了好久了!除非你心无杂念,安心静养,住在医院里打针吃药,六个月以后,可以考虑给你开刀,否则,你就要一直在医院里住下去!"

志远睁大了眼睛，望着志翔，好一会儿，他们彼此都不说话，只是对视着。然后，志远点了点头，闭上了眼睛，他轻声说："好，我懂了，我想睡一下。"

志翔和丹荔走出了病房，一出房门，志翔就痛苦地把背靠在墙上，仰首望天，默然不语。丹荔抱住了他，把面颊倚在他肩上，她说："小翔子，让我帮你！我回去问爸爸要钱！"

"不许！"志翔说，"如果你爱我，不许再提回去要钱的事！永远不许！我告诉你！我们兄弟一无所有，只有这股傲气！我会挺下来！我会！只要哥哥也能挺下去！"

于是，志远在医院里住下去了。打针、吃药、葡萄糖、生理食盐水……每天的医药多得惊人，志远不用问，也知道这笔医药费一定为数可观。忆华天天来陪他，从家里捧来鸡汤、猪肝汤，和他爱吃的各种食物。老人也几乎天天来，每次来，总是握握他的肩胛骨，说一句：

"好像壮了点，气色也好多了！"

他并不觉得自己壮了点，在医院里住下去，他越住就越消沉，越住就越苦闷，他感到自己像个被囚入牢笼里的困兽。每天躺在床上，无所事事的日子使他要发疯，随着日子的消逝，他变得脾气暴躁而易怒。他怪忆华烧的食物不够精致，怪老人骗他而说他强壮了点，怪志翔每次来看他都是敷衍塞责，坐不了几分钟就跑。"我告诉你吧，忆华！"他愤愤然地吼着，"志翔心里根本就没有我这个哥哥！他只知道谈他的恋爱，所有的时间都拿去陪丹荔！他就没耐心坐下来和我好好谈谈！他是个没心肝的人！而且没志气！毕业这么久了，他雕刻出一件作品没有？我是生了病，他呢？他呢？他是个没心没肝的浑球！"

忆华用手轻轻地把他按回床上，眼泪慢慢地沿脸颊滚落，她抽噎着，轻声地说："别怪志翔，他太忙了。"

"忙！忙！当助教能有多忙？"志远咆哮着，看到忆华的眼泪，他又转移了目标，"你怎么有这么多眼泪？你能不能不哭？等我死了之后你再哭？"

忆华背过身子去，悄然擦泪。于是，志远一把拉过她来，用手紧紧地抱住她，沉痛地说：

"原谅我，忆华！我快发疯了！这样住在医院里，我真的要发疯了！忆华，我不好，你别哭吧！"

忆华把面颊紧紧地靠在他的胸前。

"我不哭，"她喃喃地说，"只要你好好养病，我不哭，我要学你们兄弟两个，我不哭！"

兄弟两个？志远心里微微一动。

这天晚上，志翔和丹荔一起来了。显然忆华已告诉了他，志远在发他的脾气，他一进门就道歉。

"哥，对不起，我又是这么晚才来。我的学生一直缠着我，又要学版画，又要学雕塑……"

"雕塑？"志远的火气又往上冒，"我病了这几个月，没有监视你用功，你自己就不知道努力了吗？雕塑？你倒告诉我，这些日子来，你雕了什么东西？"

"哥哥！"志翔赔笑地说，"我不是不雕塑，我只是没灵感……""灵感！"志远在床上大叫，"你有灵感陪丹荔赏月聊天，谈情说爱吧！""哥哥！"丹荔往前一站，扬着头，忍无可忍地喊，"你别含血喷人！你根本什么都不知道！你冤枉人！小翔子和你在一起的时间远超过我，我要见他比登天还难，从来，他心里的哥哥就比我的地位高……"

"小荔子！"志翔一伸手把丹荔拉到后面来，"你不能少说几句吗？你不知道哥哥在生病吗？"

"生病就有权利乱发脾气吗？"丹荔含泪问，"他病的是身体，总不会影响他的头脑吧？我看他……"

"小荔子！"志翔厉声地喝阻她，"住口！"

丹荔愣住了，呆呆地站在那儿，呆呆地仰望着志翔，然后，一跺脚，她往门边冲去，哭着说：

"我累了！我再不愿和你哥哥来抢你了！"

"小荔子！你敢走！"志翔色厉而内荏，"你敢在这种时候负气而去，我们之间就完了！"

丹荔僵在门口，正犹豫间，忆华已迅速地跑了过来，一把拉住了她，忆华把她拥进了自己怀里。

"丹荔！看在我的面子上吧！"她喊着，"遇到这样一对兄弟，是我们两个的命！你难道真忍心走吗？"

丹荔把头埋进了忆华怀里。

这儿，志远愕然地看着志翔：

"我不懂，她为什么要发这么大的脾气？"

"哥！"志翔走近志远，坐在床沿上，"你别生她的气，这些日子来，大家的情绪都不好！哥，"他安慰地拍拍志远，"你放心，我会去雕塑，我不会丢掉我所学的！"

"志翔，"志远一把握住了他的手，"你别辜负我！你是个艺术家，你有一双艺术家的手……"他摊开志翔的手，顿时间，他呆住了。这是一双艺术家的手吗？这手上遍布着厚皮和粗茧，指节粗大，掌心全是伤痕和瘀紫，粗糙得更胜过自己的手！而且，那指甲龟裂、手腕青肿，他做了些什么？志远惊愕地抬起头来，一眨也不眨地盯着志翔。心里有些明白，却不敢去相信，他喃喃地、悲痛地说：

"你这还是一双艺术家的手吗？"

丹荔挨了过来，到这时，她才低低地、委屈地说：

"你现在该明白了，他什么时候当过助教？什么时候收过学生？那么仓促的时间里，你叫他哪儿去找工作？何况，你也知道，欧洲最贵的是人工！所以，他接收了你的工作！只是，做得更苦！你下午才去营造厂，他早上就去，从早上八点工作到午后六点，晚上，再去歌剧院抬布景！他工作得像一只牛，才能负担你的医药费！他并没有为我浪费一分钟！"

志远紧紧地盯着志翔，泪水冲进了他的眼眶，模糊了他的视线，一阵心酸，使他什么话都说不出来。志翔握紧了哥哥的手，他的眼眶也是潮湿的，但是，他的唇边却带着个微笑，好半晌，他才说："哥哥！你没当成大音乐家，或者，我也当不成大艺术家！但是，在海外，在这遥远的天边，我们毕竟塑造了一样东西：我们塑造了爱！"低下头，他看到了自己的手，那遍是厚皮和粗茧的手，他也看到了志远的手，也是遍布了厚皮和粗茧！这两双交握着的、粗糙的手！在共同雕塑着人与人间的爱！一道灵光在他脑中迅速闪过，他要雕塑这两双手！

第二十一章

夜静更深。志翔在自己的小屋里，埋头揉弄着那些黏土，他做出了一只手、两只手、三只手、四只手的粗坯。那粗大的指节，那布满厚茧的手掌，那龟裂的手背……呆了呆，他忽然想起老人的手，那被皮革染了色的手掌，那全是皱皮和脉络的手背，那虽然苍老却仍然有力的手指！他抛下了自己的工作，扬着声音喊："小荔子！"丹荔正蜷缩在那张长沙发上，本来，她是靠在那儿和志翔谈话的，但是，久久，志翔只是埋头在那一堆黏土之中，对她的话毫不在意，她无聊极了，倦极了，终于蜷缩在那儿睡着了。听到志翔的呼唤，她在睡梦里猛然一惊。她正在做梦，梦里，父母流着泪在劝她回家，回到父母温暖的怀抱里去，何必要在这儿吃苦受罪，被这两个"坏"脾气、"硬"骨头的兄弟折磨！于是，她哭着奔向母亲，奔向父亲，奔向那有"世界花园"之称的日内瓦！正在奔着奔着，志翔的一声"小荔子"像当头棒喝，她一惊而醒，浑身冷汗，从沙发上直跳了起来，她对志翔伸出手去，惊惶地喊：

"小翔子！我不要离开你！我不要！即使是跟你吃苦受罪，我都心甘情愿！小翔子，不要让妈妈爸爸把我抢走，我是你的！我是你的！"志翔愕然地瞪视着这一双伸向自己的手，纤柔，秀丽，细腻，光滑，可是，如此纤弱的手，怎么有如此强大的、呼唤的力量！他走过去，双目发直，他握紧了那双纤纤玉指，低下头，他审视着这双手，仔细地，专心地，带着种不可解的感动的情绪，他审视着这双手。丹荔完全清醒了，她困惑地凝视志翔，轻蹙眉梢，她喊：

"小翔子！你在干什么？"

志翔抬起头来，他的脸色发红，眼睛发光，满脸都是激动的、兴奋的、热烈的光彩。他盯着她，然后，把她紧抱在怀里，他吻了她："小荔子！你知道人类的成功、爱心、命运、力量……都在哪里吗？都在我们的手里！小荔子，"他用他那满是泥土的、肮脏的大手，把她那纤柔的小手紧合在掌心中，"你以后再也不要恐惧，再也不要怀疑，你在我的手里，我也在你的手里，我们的命运，在我们两个的手里！我们这一群人的命运，在我们这一群人的手里！"他再吻她，虔诚而严肃。"小荔子！我爱你！"丹荔的眼眶里含满了泪，她并不太能体会志翔这番话的意义，可是，她却感染了他的兴奋，感染了他的激动，和他那创作热诚中所发的光与热。她抚摸他那乱糟糟的头发，那没有刮胡子的下巴，和那粗糙的手指，她在他额上印下深深的一吻。掀开盖在身上的毛毯，她说：

"我想，你今夜是不准备睡觉了，我最好去帮你煮一壶浓浓的热咖啡！"她站起身来，去煮咖啡。他呢？又回到自己所塑造的那两双手上。一个新的形象迅速地在他脑中诞生，成形。他拿起那粗坯，揉碎了它，又重新塑起。

丹荔送了一杯热咖啡在他的桌子上，他视而无睹，继续疯狂地工作着。丹荔望望那堆貌不惊人，几乎是丑陋的黏土，心里朦胧地想着，或者，这就是她以后的生活。黏土、雕塑、狂热、一个心不在焉的丈夫……你即使从他身旁走过，他也不见得看到了你。可是，在他内心深处，你却是他力量的泉源。想到这儿，她忽然觉得自己的稚气，已远远地抛开她而去，一个崭新的、成熟的、新的"自我"在刹那间长成了。她在沙发上拥被而坐，痴痴地望着他，这个男人！他不见得会成为伟大的艺术家，他不见得会名闻天下！而这个男人，已塑造了她整个的世界！靠在沙发中，她带着一份几乎是心满意足的情绪，酣然入梦，这次，梦里没有日内瓦，没有"世界花园"，只有志翔的手——那紧握着自己，给她力量，给她温暖，给她爱，给她幸福的那双手！一觉睡醒，早已红日当窗，她翻身而起，一张纸条从她身上飘落下去，她拾起来，上面是志翔潦草的字迹：

小荔子：

　　我去上班了。你睡得好甜好美。我爱！你不知道你给了我多大的欢乐与力量！

　　　　　　　　　　　　　　　　　小翔子

她读着这纸条，一遍又一遍，泪水满溢在眼眶里。然后，她跳起来，跑到桌子旁边，去看他连夜工作的成绩。刹那间，她呆住了。在桌子正中，放着一件黏土塑造的粗坯。这是件奇怪的作品，是件不可思议的作品！这是五双手！男人的、老人的、女人的，一共十只手，都强而有力地伸往天空，似乎在向天呼吁什么，也似乎要向那广阔的苍穹里抓住什么，更似乎是种示威，是种呐喊：这世界在我们手里！这世界在我们手里！这世界在我们手里！丹荔感动地、虔诚地在桌前坐了下来，一眨也不眨地望着这些手，一刹那间，她明白了很多很多，这些手，有志远的，有志翔的，有老人的，有忆华的，也有她的。她含泪望着这粗糙的原坯，想着志翔夜里对她说的那篇话：

　　"小荔子，你知道人类的成功、爱心、命运、力量……都在哪里吗？都在我们的手里！"

　　这就是我们的手！这就是！她静静地凝视着这件雕塑品，那感动的情绪，在心灵深处激荡，而逐渐升华成一种近乎尊敬与崇拜的感情。接下来的很多日子，志翔狂热地塑造这"手"，做好了粗坯，又忙于翻模，再加以灌制，他仍然认为只有铜雕，才能显示出这种"力"和"生命"的表现。他夜以继夜，不眠不休地工作，到春天的时候，他终于完成了这件作品！那些手，有粗糙的，有细致的，有老迈的，有年轻的，却都带着生命的呐喊，伸向那广阔的苍穹。

　　在志翔完成这件作品的同时，志远也面临着生命的挑战。这天，医生把志翔和忆华都找了去，做了一番恳切的谈话："我必须尽快给他动手术，他的胃已经影响了肠子，再不开刀，将不可收拾。可是，他目前的身体状况，像一具空壳，我们虽然尽力给他调养，但无法弥补他多年来的亏损，肺上的结核菌已经控制住了，但，心脏的情况太坏，目前动手术，也可能会造成最坏的结果！"

"您的意思是，"志翔深吸了一口气说，"不动手术，他是苟延残喘，终有一天会油尽灯枯。动手术，有两个结果，一个是从此病愈，一个是——从此不醒。"

"是的！"医生说，"所以，你们家属最好做一个决定，是动手术，还是不动手术！"

志翔和忆华交换了一个注视，忆华的眼里有泪光，但是，她对志翔轻轻点头，志翔想着这半年以来，志远在病床上如同困兽的情形，和他那越来越消沉的意志。他甩了甩头，毅然决然地说："与其让他慢吞吞地等死，不如赌它一下！医生，你准备给他开刀吧！"这天，忆华到志远床边的时候，虽然她竭力掩饰，仍然无法隐藏哭过的痕迹。志远深深地打量她，然后抬头看着志翔、丹荔，和站在另一边的老人。今天是什么日子？大家都聚齐了来探望他？"好吧，说吧！你们有什么事情要告诉我吗？"志远问，眼光锐利地看着他们。"哥！"志翔开了口，"医生已经决定，下星期要给你动手术。""是吗？"他问，喜悦地笑了，"好呀！总算可以动手术了，这鬼医院再住下去，我不死也会得精神病！"

忆华凝视着他，悄然地把手放在他的胳膊上。

"志远!"她犹豫地叫,欲言而又止。

"干吗?"志远问。"我在想……我在想……"忆华吞吞吐吐地说不出口,"我在想……""你到底想什么?"志远不解地问。

"我想……"忆华忽然冲口而出,"我们结婚吧!"

"结婚?"志远吓了一大跳,"你是说,在我动手术以前,要和我结婚吗?"忆华低俯了头,默然不语。

志远环视着他们,忽然间,他勃然大怒。用手重重地拍了一下床垫,他吼叫着说:

"忆华!你要和我结婚?你现在要嫁给我?你这个莫名其妙的傻瓜!你小说看多了!你电影看多了!只有在小说或电影里面,才有女孩子去嫁给垂死的爱人!你现在要结婚?你认为我挨不过这个开刀是吗?你以为我立即会死掉,是吗?你已经准备来当我的寡妇了,是吗?你要像志翔所预言的,来给我披麻戴孝吗?""志远!"忆华崩溃地哭了出来,哀切地叫,"你说点吉利话吧!""吉利?我不懂什么吉利不吉利!"志远继续吼叫,面庞因激动而发红,"我从来就不迷信!让我告诉你,忆华!"他一把抓住忆华胸前的衣服,强迫她抬起头来,紧盯着她的眼睛,坚决地、果断地、肯定地、一字一字地说:"我要娶你!我娶定了你!不在现在,不在目前,在我开刀以后!我要你有一个强壮的丈夫,我要你当一个喜悦的新娘!我要活一百岁,和你共同主持曾孙的婚礼!我不和你开玩笑!我要娶你!在教堂里,在阳光下,决不在病房里!"抬起头来,他以无比坚定的目光,扫视着床前的亲人。"你们都是我的证人！志翔，你相信你的哥哥吗？""我一直相信！"志翔动容地、崇拜地说。

"你去告诉他们，解释给他们听！"志远说，"死神还打不倒我！我会活得好好的！我会站在阳光底下，迎娶我的新娘！"

志翔点头，所有的人都呆在那儿，望着志远的脸，那脸上焕发着生命的光华，眼睛里闪耀着活力与信心！志翔面对着这张脸，朦胧地想着：这样的生命是不会死亡的！这样的生命是永远不朽的！虽然他只是沧海之一粟，虽然他漂洋过海，学无所成，虽然他一生挣扎，充满患难和辛酸，但是，这样的生命是不朽的！永远不朽的！他忽然充满了信心与安慰，他会活下去！

两个月以后，我们的故事结束在一个婚礼上。

如果你去过欧洲，如果你到过罗马，你一定不会忘记参观那种古老的小教堂：墙壁是大大的石块堆砌而成，上面爬满了绿色的藤蔓，开着一串串紫色的花束。教堂那五彩的玻璃窗，迎着阳光，闪烁着绚丽的光芒。教堂门口，台阶上长着青苔，像一层绿色的地毯。花园里，一丛丛的花坛，盛开着蝴蝶兰、郁金香、玫瑰、蔷薇。教堂里，阳光从彩色玻璃中射入，照在那肃穆、庄严、宁静的大厅里。古老的风琴声，奏着结婚进行曲，回响在整个大厅中。而一对新人，就在这样如诗如梦的境界里，在亲友的祝福中，在神父的福证下，完成终身的佳礼。这不是中国式的婚礼，没有吹鼓手，没有花轿，没有宴席，但它别有一种庄严与隆重的气氛。婚礼既成，一对新人站在花园里，站在那闪耀的阳光底下，谁也不能体会，这一刹那间，两人心中所涌起的喜悦与辛酸。

"我要吻新娘！"丹荔叫着，不由分说地在忆华脸上左吻右吻。"我要吻准新娘！"志远叫着，把丹荔拖过来，也在她面颊上左吻右吻。"真的！"老人笑得合不拢嘴，他左手拉着志翔，右手拉着丹荔，问，"你们什么时候结婚啊？"

"我和丹荔商量过了，"志翔说，"哥哥既然在罗马结了婚，我和小荔子，应该回家去结婚。你也要回去的，高伯伯，你是我们的结婚证人。""回家？"老人问，眼睛闪亮，"我也去？"

"是的，在海的那一边。"志翔遥望着天边，"我们的父母，还在那儿等着我们。""丹荔的父母会参加这婚礼吗？""他们会的！"丹荔一脸的光彩，满眼的喜悦，"他们一定会的！因为我会撒赖！"

大家哄然地笑了。笑声中，志翔悄悄地把志远拉到一边，低声说："哥，我有样礼物送给你！"他从口袋里掏出一张剪报，递到志远手中。志远看过去，报上有一张照片，照片里赫然是一件雕塑品，题名叫《手》！十只伸往天空的手，在呐喊、在追求、在呼吁的手！年轻的、年老的、粗糙的、细腻的手！照片旁边，有一篇简短的报道："本季沙龙中，最受各方瞩目的一件雕塑品，是一位年轻的东方雕塑家所塑造的。这件题名为《手》的铜雕，充满了力与生命、感情与思想，是一件不可多得的作品！不论本季的雕塑奖，会不会由这位年轻人得去，我们仍然认为这是件值得推介、值得赞美、值得喝彩的佳作！"

志远抬起头来，他的脸发亮，眼睛发光，一把揽住志翔的肩膀，他又激动，又心酸，又高兴，又安慰地说：

"志翔，我离家十年多，终于觉得我即使回家，也不会无颜见江东父老了。志翔，你终于找到你所缺少的东西了，咱们也该回去了！""小翔子！"丹荔在一边大叫，"你们兄弟两个是怎么回事啊？今天是忆华姐姐结婚，你总不能把新郎给拉到一边说悄悄话呀！我看，你们兄弟对于彼此呀……"

"永远比我们重要！"忆华一反平日的沉静羞涩，忽然说。然后，就和丹荔相视大笑了起来。

这一笑，兄弟两个也笑了，老人也笑了。走出教堂的花园，那辆小破车居然充当了喜车，绑着花束和缎带，挺有风味地停在那儿。志翔坐上了驾驶座，大家都挤了进去，丹荔挥手大叫："唷呵！小破车！前进！小破车！加油！小破车！"

小破车一阵摇头喘气，然后大大地咳嗽了一声，就往前冲去。全车的人都欢呼了起来，忆华的头纱在风中飘扬。老人张开嘴，情不自已地唱：

　　破车快飞！破车快飞！

于是，全体都唱了起来：

穿过罗马，越过废墟，

一天要跑几千里！快到家里！快到家里！

爸爸妈妈真欢喜！

——全文完——

一九七六年二月二十五日夜初稿完稿

一九七六年二月二十八日黄昏修正完稿

后记

今年年初，我又从国外归来。

前前后后出去的次数，自己也不记得是第几次了。我的生活，长久以来，就是被"写作""休息""旅行"三件事占据的。写作的时候，我总是夜以继日，不眠不休，不见人，不应酬，不回信，不接电话……全神贯注地写，因而被亲家们给予"六亲不认"的外号。休息的时候，我就完全变了，我看书，交朋友，聊天，看电影，尽量放松自己的情绪，完全不去想我的写作。而旅行的时候，我不只是在享受，我也忙于观察和吸收、追寻和体验，对一切新奇的事物，我总在近乎感动的情绪下惊叹而欣赏。这样，我活得好忙，也活得好充实。出去的次数多了，就想以国外为背景来写部小说，但是，这只是个念头而已，我对国外的任何地方，都只是走马看花，缺乏深入的认识，真要写自己不了解的东西，毕竟太困难。因此，这念头在脑中闪过，却从未有任何力量，吸引我去实行。

若干年前，我第一次去罗马，我立即被那个城市震撼了。我疯狂地迷上了罗马，当时，就很激动地说过一句话：

"所有有关艺术的神话！应该发生在这个地方！"

不久之后，我又一次去罗马，坐在翠菲喷泉的前面，坐在古竞技场的拱门下，坐在国会广场的台阶上，坐在罗马废墟的断壁残垣里，我忽然间觉得有股强大的力量，把我给牢牢地抓住了，我对自己许下一个宏愿：我一定要以罗马为背景，写一部小说！"宏愿"是有了，却没有"故事"。我无法去杜撰一个空中楼阁般的故事，也无法"无中生有"，这愿望就埋藏在我的内心深处，一直埋了四年之久。

直到今年一月，我在美国，去了旧金山，去了洛杉矶，去了华盛顿 DC。接触到很多留学生和华侨，听到很多的故事，包括一些稀奇古怪、令人难以置信的奇闻。而这些故事之中，有一个故事却深深地感动了我！

一月底，我从国外倦游归来，一下飞机，就被"家"的温暖给包围了。奇怪，出去的次数越多，对于"家"的感情就越浓厚，对于自己"国家民族"的观念也就越深重。海外，即使是集声色之极的拉斯韦加斯，即使是雾蒙蒙的金门大桥，即使是华盛顿的国家博物馆，即使是日本的富士山，即使是东京的宝冢歌舞，即使是京都的庙宇楼台……都抵制不了"家""国"对我的呼唤！回到台湾，回到家里，我满足地靠在沙发中，由衷地说了一句：

"是我开始写《人在天涯》的时候了！因为，我有了'故事'，也有了'感情'，还有了'动力'！"

我坐进了书房，没有延误一分钟，立即执笔写《人在天涯》。虽然我刚经过一段疲劳的旅行，虽然正逢春节，虽然旅美多年的锦春妹第一次返台，我都无暇旁顾，又恢复了"六亲不认"的我，埋头在我的作品中。

《人在天涯》虽然有一个真实故事为蓝本，但不可否认，我更改了若干情节，也夸张了若干情节。真实故事写成小说，要想完全"写实"，是根本不可能的事，连"传记"都做不到百分之百的真实。我把这故事从美国搬到欧洲，一来偿了我的夙愿——以罗马为背景写一部书。二来，我认为这故事如果发生在欧洲，比发生在美国更动人而合理。三来，不论罗马也好，瑞士也好，美国也好，对我而言，都是"天涯"！

我执笔写《人在天涯》的同时，正好《联合报》在海外发行《世界日报》，邀稿甚殷。因此，这部书原为《皇冠》杂志所预订，经协商后先给了《联合报》与《世界日报》，再由《皇冠》杂志转载。也打破了我历年来所坚持的一个原则——书未完稿前决不发表。这本书是边写边登的，因而，也带给我极多的难题。

在写作前，我认为两度去罗马，而且有份很细密的日记，写这本书绝不成问题。谁知一旦着手，才知道自己所了解的，毕竟只是皮毛。对雕塑、对艺术，我也只能欣赏而无研究，这本书写得十分辛苦。为了怕出错误，我直接或间接地请教了多位在欧洲留过学的音乐家和艺术家。在这儿我特别要向这些位帮助过我的朋友致谢，包括林宽先生、席德进先生、郭轫先生、徐进良先生、纪让先生和白景瑞先生。如果这本书写得真实，是诸位先生帮助之功，如果有错误，是我记录之失，无论如何，若有谬误之处，请读者多所包涵。

虽然有各位先生的协助，这本书仍然有若干问题。例如，欧洲的艺术学院是学分制或学年制，就有两种不同的说法，有的说是学年制，有的说是学分制。经我求证结果，在罗马的"国家艺术学院"，是学年制，欧洲其他艺术学院，多为学分制，于是，故事中，我采用了后者。再例如学位问题，艺术学院毕业后，是学士？硕士？还是博士？最高能修到什么学位？各种说法，莫衷一是。终于，我综合各方面的资料，认为这学位只有一个"称谓"，并无"艺术博士"的存在。又例如欧洲的艺术沙龙，是一年四季皆有？还是每年一次？凡此种种，我所写的，可能会有错误，虽然与故事情节及主题，并无太大关系，却不能不加以说明。

回忆这些年来，我从开始写作至今，已有十五年以上的历史，这是第一次，我写《人在天涯》这种题材。我常说，我不"求变"，可是，随着年龄的增长，见闻的增加，我体验的不同，我的作品可能会自然而然地"变"。这本书，和我以往的作品，我相信有一段距离。我不知道我的读者，会不会喜欢它？因为赶时间，这些日子，我不眠不休，在书桌前熬了不知多少个通宵！（碰巧有两次，我所住的地方竟通宵停电，我只能秉烛而写，在烛光摇曳下，字迹模糊，连格子都看不清，虽然烛光很诗情画意，仍然弄得我"眼花缭乱"，对古人的秉烛夜读，不能不深深佩服！）这一个月来，我对志远、志翔、忆华和小荔子，比对我自己还熟悉，只由于故事有若干真实性，我写得辛酸，写得激动，写得泪眼模糊！

我爱这个故事，我爱这故事中每个人物，如果这故事不能感动别人，是我写作的失败，不是故事的失败，如果它能得到一点点"共鸣"，我愿已足！走笔至此，我觉得心里有千言万语，难以尽述。我从来不解释自己的作品，十五年来，不论褒与贬，我皆默默承受。对于《人在天涯》，我也不想再多说什么。无论你喜欢或不喜欢，我"努力"过了，我"耕耘"过了，我"写"过了。

一九七六年三月五日夜

琼瑶作品大全集